KB217627

풍경과 바람

풍경과 바람

풍경과 바람

풍경과 바람

서정숙 수필집

선우미디어

책머리에

시골 생활을 한 7년 동안은 잡초와 싸우며 정든 세월이다. 맨손으로 잡초를 뽑으며 손끝으로 느끼는 감각을 손맛이라 할까. 이제는 그 손맛으로 맛보는 재미가 쏠쏠해졌다. 잡초를 뽑으며 늘 생각하는 것은, 잡초라는 이름으로 분류되는 풀과 꽃나무로 정원에 자리 잡는 것과의 차이는 무엇일까 하는 것이었다.

우리 집 정원은 풀과 꽃나무의 경계가 없는 야생화가 점령하고 있다. 그런데 그 꽃이 앙증스럽고 귀여운 게 많다. 세월이 갈수록 그 풀꽃들이 예뻐지고 정이 가는 것은 웬일인지 모르겠다.

내 글의 소재가 되는 근원은 바로 그런 풀 같은 것들이다. 수필은 사소한 것들이 소재가 되니 자연히 사소한 것에 관심을 갖게 되고, 그 사소한 것들이 따뜻한 마음으로 다가오기도 한다. 수필을 만나지 않았더라면 그냥 스쳐지나갔을 일들이, 수필이라는 이름으로 이렇듯 고스란히 남아 있다.

등단한 지 18년 만에 여러 문학지에 실렸던 글들을 한데 묶었다. 그 오래된 글들을 자판으로 두드리면서 느끼는 행복감은 새로웠다. 돌아가신 시아버님, 어머니, 아버지를 만날 수 있었고, 어린 모습의 아이들과 젊은 시절의 남편도 그때처럼 생생하게 만날 수 있었기 때문이다.

글을 쓸 수 있게 이끌어 주신 산영재 선생님께 진심으로 감사드린다. 책을 내는 데 용기를 준 남편과, 미국의 연수네, 북경의 동비네 모두 고맙고 사랑한다. 수필을 사랑하는 선후배께도 고마운 마음을 전하고 싶다.

2009. 1. 테·아·집에서

서정숙

서정숙 수필집

풍경과 바람

차례

1부 | 풍경과 바람

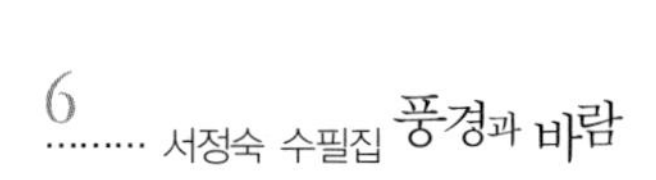

2부 | 팽이

3부 | 창밖과 창 안

4부 | 씨앗

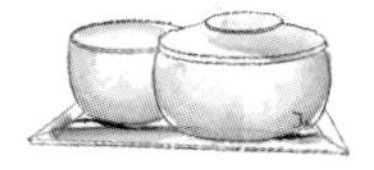

5부 | 겨울 이야기

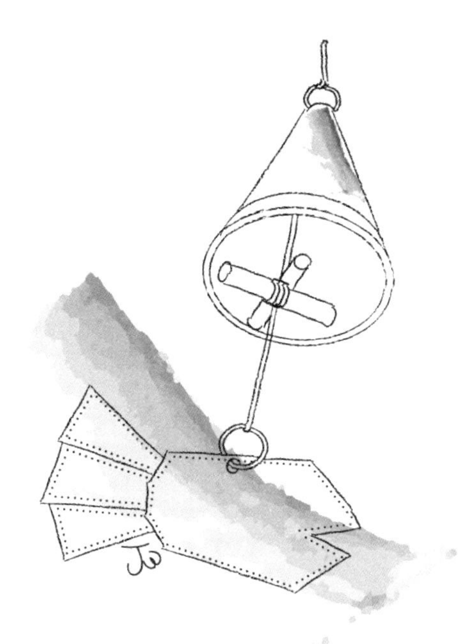

| 1부 |

풍경과 바람

풍경과 바람

풍경 소리가 들린다. 그냥 스쳐 지나가는 바람에도 풍경은 흔들리며 소리를 낸다. 그래서 요즘은 집안에서도 바람의 속도를 짐작하곤 한다. 이 선생님께서 우리 집에 들르면서 선물로 주신 풍경을, 현관 앞에 달아 놓은 것이다.

풍경이 우리 집에 걸리기 전에는 창밖으로 보이는 소나무의 움직임을 보고 바람을 느꼈다. 집이 비교적 바깥의 소리와 단절이 잘되어 있어, 앞산에 소나무를 보고 바람을 가름할 때가 많았다.

바람은 그 때때마다 소나무를 만나는 방법이 다르다. 바람이 약하게 불 때는 나뭇가지가 한삼자락이 되어 너울너울 춤을 추는 듯이 보이고, 강하게 불어치면 나무가 중심을 잡지 못하고 마구 흔들린다. 또 바람은 나무와 나무 사이를 헤집고 다니며 간지럼을 태우는 듯이 보일 때도 있지만, 가지를 부러뜨릴 때도 있다. 센바람이 고르게 불 때는 소나무가 스크럼을 짠 듯, 같은 방향으로 일렁거려

산이 움직이는 것처럼 보인다. 그럴 때는 내 마음도 덩달아 나뭇가지를 따라 일렁인다.

어떤 바람에도 움직이는 모습이 같아 보이는 게 있다. 소나무 그늘에서 잘 자라지 못해, 늘 어린나무로 있는 작은 무리들이다. 그것들은 큰 바람에도 작은 바람에도 늘 산들거리기만 한다.

그런데 요즘은 풍경 소리가 먼저 바람을 알린다. 보는 것은 하던 일을 멈추고 봐야 하지만, 듣는 것은 일을 하면서도 들을 수 있어 좋다. 보고 느끼는 것보다 더 빠르고 쉬운 것이 듣고 알아채는 일이다.

바람이 가볍게 불면 풍경의 본체는 가만히 있고 거기에 달려 있는 물고기 모양의 추만 움직이며 소리를 낸다. 그래서 이따금 딩딩거리며 울리는 소리는 사찰에서 들었던 운치 있고 고즈넉한 분위기를 느낄 수 있다. 바람이 좀 세게 불면 여운은 덜 해도 소리에 힘이 있다. 바람이 아주 세찬 날은, 풍경 자체가 흔들려 여운이 있고 운치 있는 소리를 기대하기는 어려워도 청아한 그 소리에는 변함이 없다. 풍경이 중심을 잡지 못할 정도로 바람이 거세게 부는 날은 내 마음도 심란해진다.

풍경은 바람이 있어야 움직이며 제 구실을 한다. 바람은 끝없이 풍경을 가만히 놔두지를 않는다. 풍경과 바람의 관계를 지켜보자니 어머니가 풍경을 닮았다는 생각이 들었다. 풍경 소리가 듣기 좋을 때도 요란하게 들릴 때도 바람이 있기 때문이다. 어머니에게 바람은 무엇일까.

얼마 전 어머니의 생신날이었다. 그 날 어머니는 자리를 함께 한 자식보다 못 온 자식 생각에 마음을 놓을 수가 없는 모습이었다. 대전에 살고 있는 동생네가 사전에 기별도 없이 오지 못했다. 어머니는 그 아들네 걱정으로 마음을 잡을 수가 없으셨다. 그럴 때는 옆에 있는 여러 자식들도 위안이 안 되는 모양이었다. 맛있는 음식도 맛없이 드셨고, 생일은 무슨 생일이냐며 한숨만 쉬셨다. 그런 어머니의 마음을 잠재울 수 있는 것은, 옆에 있는 자식의 위로가 아니라 안 온 자식의 소식이었다.

어머니는 풍경이었다. 언제나 한 자리에 고정되어 있는 풍경이었다. 젊었을 때는 그 풍경을 울리는 바람은 아버지였다. 자식이 어머니 품안에 있을 때는 아버지가 바람이었다. 술을 많이 드셨던 아버지는 어머니의 마음을 편하게 하신 적이 별로 없었다. 그래도 그 무렵의 어머니는 아버지가 계셨기에 맑고 고운 소리도 들려주셨다. 아버지는 어머니의 마음에 미풍도 되었다 태풍도 되었다 했다.

아버지가 돌아가신 뒤에는 어머니에게 바람은 자식이었다. 육남매의 삶이 어디 하루라도 바람 잘 날이 있겠는가. 그 바람을 온몸으로 부대끼는 어머니, 나는 어머니의 그런 모습이 싫었다. 어머니 당신이 스스로를 움직이는 바람이길 바랐다. 그러나 어머니는 고정되어 있는 풍경이었다.

내 나이 쉰을 넘으니 어느덧 나도 어머니의 모습을 닮아 있었다. 남편과 아이들이 나에게도 바람이 되어 있었다. 그들의 기쁜 일이 내 기쁨이 되었고 그들의 고민은 나에게 거센 바람이 되어 돌아왔다. 그 바람은 내 가슴에 커다란 구멍을 내고 지나가는 듯했다. 그러면 나는 한동안 텅 빈 것 같은 가슴을 안고 지내야 했다.

나는 우리의 어머니 세대에 비하면 자아와 정체성을 잃지 않으려고 애쓰며 살아왔다. 그런데도 내 마음은 바람에 흔들리는 풍경과 다르지 않으니 세상의 어미는 대체 무엇으로 분류될까.

늘 그 자리에 달려 있는 풍경처럼 세상의 어미들도 늘 그 자리에 있다. 바람이 불면 부는 대로 흔들리며 소리를 내는 풍경처럼.

(2003)

거리가 있음으로

오랫동안 원했던 시골에 집을 지었다. 집을 다 짓고 보니 집만 덩그렇게 있어 옷을 벗은 듯 보기가 좋지 않았다. 주변을 정리하고 나무를 심다 보니 종류가 너무나 많았다. 우리는 나무를 잘 몰랐기에 좋다는 나무들을 사다 심기에 바빴던 것이다.

상록수를 심으니 열매가 달리는 나무가 최고라 했고, 열매가 열리는 것을 심으니, 꽃이 예쁜 것이 좋다고 했다. 그래서 꽃이 예쁜 나무와 열매가 달리는 나무와, 사철 잎이 푸른 나무를 골고루 심었다.

나무에 대해 아무것도 모를 때는 남의 말만 듣고 심었다. 세월이 지나니 우리가 좋아하는 수종이 생기고, 나무의 특성도 알게 되니 또 다시 나무을 사다 심게 되었다.

몇 년 동안 나무를 심기만 했더니 너무 촘촘하였다. 다음 해부터는 간격을 유지하기 위해 심은 걸 다시 옮겨 심는 작업을 해야 했다. 몇 년이 지나 나무가 자라게 되면, 또 옮겨 심어야 될 것 같다.

앞마당과 뒷마당 둘레에 정원을 만들고, 야생화와 꽃을 심었다. 빈 땅은 그냥 놔두지를 않고 일년초 꽃씨를 뿌렸다. 그곳도 몇 년이 지나니 뿌리가 뻗어나가 땅이 비좁았다. 꽃이 피니 꽃끼리 서로 엉켜 보기가 좋지 않았고 생육도 좋지 않았다.

다음 해부터는 꽃나무들을 선별해 뽑아내는 작업에 들어가야 했다. 대부분의 야생화는 한 포기가 한 해가 지나면 한 무더기씩 퍼진다. 아이리스 종류는 한 덩어리가 되어 뿌리를 잘라 내는 일이 무척 힘이 든다. 어느 정도의 간격을 두고 심어야 잘 자라고 꽃도 탐스럽게 핀다. 이제는 봄이 오면 꽃을 추려 내는 일을 해야 한다.

손바닥만 하게 텃밭을 만들어 배추 씨와 열무 씨를 뿌렸다. 소복하게 올라온 어린 싹이 하루가 다르게 커 갔다. 얼마가 지나자 어린 싹들은 서로 빨리 자라는 내기라도 하듯 고개를 내밀고 쑥쑥 자랐다. 씨를 너무 촘촘히 뿌린 탓에 어린 배추들이 비집고 자랄 자리가 없었다. 드문드문 놔두고 솎아 내었더니, 배추와 배추 사이에 간격이 생겼다. 이제야 속이 꽉 찬 배추로 자랄 것 같았다.

6년이 지난 우리 집에는 나무가 제법 많다. 나무와 나무 사이로 새들이 날아다니고, 거미가 줄을 친다. 큰 나무에는 까치와 까마귀와 산비둘기가 날아와 놀고, 작은 꽃나무에는 나비와 잠자리가 날아든다. 풀만 있었던 땅에 나무가 자라기 시작하니, 주변의 산과 자연스럽게 어우러졌다. 집도 예쁜 옷을 입고 화려한 장신구를 걸친 듯 보기가 좋았다.

비가 오니 나무 사이로 비가 내렸다. 눈도 나무 사이로 내렸다. 그런 모습을 가만히 보며 생각했다. 만약에 나무와 나무의 간격이 없다면 비와 눈은 어떻게 그 사이를 비집고 내리게 될까.

얼마 전에 영화 칼럼을 쓰는 사람이 '폭풍의 언덕'을 낳은 장소인 탑 위딘스를 찾아가 쓴 글을 읽었다. 그 중 한 부분이 여운으로 남는다. 바람이 세차게 부는 그곳은 황량하기 그지없었다. 멀리서 보니 잡초가 많이 자란 언덕에 커다란 나무 한 그루가 보였다. 가까이 다가가 자세히 보니 두 그루의 단풍나무가 붙어 있다시피 했다. 그 두 나무는 늘 세차게 부는 바람 때문에 서로 할퀴고 비비대고 생채기를 내며 울부짖고 있었다 한다. 그 소리는 숲 전체를 뒤흔드는 소리로 변했다. 캐서린과 히스클리프처럼.

너무 가까이 있으면 나무뿐 아니라 사람들도 서로 부대낀다. 그래서 사람과 사람 사이에도 거리가 있어야 된다. 부부 사이와 부모와 자식 사이에도 거리가 있어야 원만한 관계가 유지되고 서로를 객관적으로 볼 수 있다.

결혼식장에서 주례자는 오늘부터 둘이 하나가 되어 잘 살기를 바란다는 말을 한다. 그 말에 모순이 있지 않는가. 부부는 평생을 함께 해야 되는데 둘이 하나가 되기 위한 노력보다 서로 다른 점을 인정하고 사는 일이 현명할 것 같다. 하나가 되기 위해서는 서로에게 집착하게 되고, 조그만 틈도 용납하지 않으려 하기 때문이다.

친구 사이도 아주 친하게 지내던 사람들이 사소한 문제로 자주 틀어지는 것을 볼 수 있다. 친하다 보면 서로의 다른 생각을 이해하지 못해 하찮은 일로도 다투게 된다. 친하더라도 서로의 인격을 지켜주면서 바라보면 오랫동안 변치 않는 우정을 나눌 수 있고, 허물없는 사이로 발전하게 되리라. 사람 사이는 싸우면서 정든다는 말이 있지만 싸움은 상처가 남지 않는가.

사람들은 다 다르다. 그 다름을 인정하면 아름답게 보인다. 아름다움을 바라볼 줄 아는 것도 거리가 있기 때문이라 생각한다.

이 세상에 존재하는 모든 것은 거리가 있다. 하늘과 땅 사이에는 한없이 넓은 공간이 있어 그 곳에 많은 게 존재한다. 집과 집 사이에는 골목이 있다. 여러 집들이 공동으로 사용하는 골목이 있기에 이웃과 이웃이 소통하며 사이좋게 지낼 수 있다.

산에 바람이 분다. 바람은 나무와 나무 사이를 비집고 다니는 것처럼 보인다. 나무는 긴 몸을 흔들며 춤을 춘다. 빈틈없이 다닥다닥 붙어 있다면 바람에 쓰러지고 말 것이다. 나무는 바람이 나갈 통로를 만들어 주어야 살아남을 수 있다. 나무와 나무 사이에 적당한 거리를 만들어주는 것은 서로에게 상처를 주지 않고 튼실하게 자라게 하기 위해서다.

모든 것은 거리가 있음으로 존재한다.

(2002)

뻥튀기 아저씨

고등학교 동창들과 한 달에 두 번씩 등산을 한다. 시작한 지가 몇 달 되지 않아, 가깝고 오르기 쉬운 대모산을 자주 찾는 편이다. 그 산도 몇 차례 쉬어가면서 오르지만 앞으로의 계획은 방대하다.

대모산은 높지 않아 등산하는 시간은 얼마 되지 않는데, 하산하면서 여기저기 기웃거리며 구경하느라 시간을 축낸다. 산 아래 원주민들이 사는 마을로 들어서면, 한약 찌꺼기로 재배한다는 상추와 열무 밭이 보인다. 거기에서 좀더 내려오면 뻥튀기 하는 곳이 나온다. 야채는 농약 없이 무공해로 키운 것이라 시장에서 산 것보다 부드럽고 맛이 좋다. 옥수수 뻥튀기도 알이 고르고 금방 튀겨 내어 바삭거리며 고소했다. 우리 집에는 어머님이 주신 옥수수 알갱이가 한 됫박 있다. 그래서 뻥튀기 하는 곳을 찾던 중에 만나게 되어 더욱 반가웠다.

지난번 하산 때는 뻥튀기 아저씨가 보이지 않았다. 그래서 이웃 사람에게 물어보았더니, 옥수수를 사러 갔다고 하였다. 옥수수를 사러 대체 어디까지 가는 것일까. 그 일을 핑계로 하루 쉬는 것은 아닐까. 그 날은 친구들과 아저씨 이야기를 하며 내려왔다.

그 후 어느 날 저녁, 옥수수를 튀기러 남편과 대모산으로 갔다. 늦은 시간에도 일을 하는지 궁금하게 여기며 산으로 들어서니, 고소한 냄새가 차 안으로 들어왔다. 바람에 일렁이는 신록과 고소한 냄새가 어우러진 저녁 무렵의 대모산은, 아침과는 또 다른 모습을 하고 있었다.

옥수수가 든 비닐 주머니를 내밀자, 아저씨는 오늘은 튀겨줄 수 없다고 했다. 가스 불은 타오르고 기계는 돌아가는데 무슨 영문인지 알 수 없었다. 그는 손님들이 가지고 오는 물건을 튀기는 날은 일요일 하루라고 덧붙인다. 튀기러 오는 손님이 적어 그렇게 한다니, 점점 알 수 없는 말을 했다. 나는 멀리서 왔으니 꼭 튀겨야 한다고 하고, 아저씨는 완강히 안 된다고 하며 한참 동안 실갱이를 벌였다. 그러는 사이에도 그는 쉬지 않고 튀겨낸 옥수수를 비닐봉지에 담고 있었다.

아저씨는 매일 그 자리를 지키지 못하여, 어쩌다 튀길 것을 가지고 오는 손님이 헛탕이라도 치면 안 된다고 했다. 그래서 일요일에는 장사를 안 하는 날이 없으니, 그 날만 튀겨 준다는 것이었다. 자주 오는 사람들은 그런 것을 알고 오는 모양이었다. 그 말을 들어도 설득력 있게 다가오지 않아 계속 튀겨 줄 것을 요구했다. 그래도 안 된다기에 돌아가려고 하자, 이번만 튀겨 줄 테니 다음부터는 꼭 일요일에 오라고 당부한다. 남편과 나는 큰일을 해결했을 때처럼 기분이 시원했다.

그러는 동안 지나가던 여자 두 명이 뻥튀기를 한 봉지씩 샀다. 한 여자가 만 원짜리를 내밀자, 아저씨는 거스름돈을 챙겨 주기 위해 서랍처럼 생긴 네모난 나무 상자의 뚜껑을 열었다. 그 사이 남편도 돈을 미리 주려고 만 원짜리를 내밀었다. 그랬더니 남편이 내민 돈은 받지 않았다.

"이 사람은 튀겨져 나온 것을 보고 돈을 받지, 그 전에는 절대로 돈을 받지 않아." 하며 아까부터 옆에서 앉아 쉬던 노인이 거들었다. "물건이 잘못 나오면 값을 깍아줘." 노인은 아저씨 대신 돈을 미리 받지 않는 이유를 설명해 주었다. 그 말도 나에게는 중요하게 들리지 않았지만 그렇게 따를 수밖에 없었다.

아저씨는 우리가 준 옥수수를 손바닥에 올려놓고 살펴보더니, 잘 튀겨질지 모르겠다며 걱정을 했다. 알이 고르지 않는 데다 덜 여문 것도 있고, 너무 말라서 잘 튀기기가 어렵다는 것이었다. 달구어진 기계에 우리가 준 옥수수를 넣고 불을 조절했다. 그는 우리 눈에 하찮아 보이는 뻥튀기 하는 일에 성심을 다했다. 그래서 기다리는 내 마음도 잘 튀겨져 나올지 기대감에 설레었다.

불을 보고 서 있는 아저씨에게 옥수수를 사러 대체 어디로 가기에, 하루 종일 장사를 안 하는지를 물어보았다. 그는 강원도 정선으로 간다고 했다. 서울에 있는 큰 시장에서 물건을 사면 편하겠지만 좋은 맛을 낼 수 없다고 하였다. 정선으로 돈을 부치고 물건을 앉아서 받아도 되지만, 꼭 직접 가서 물건을 보고서 사온다는 것이었다. 이야기를 하는 동안에도 그는 저절로 잘 돌아가 신경 쓸 필요가 없는 기계와 불을 계속해서 지켜보았다. 그러면서 혼잣말로 옥수수가 너무 말라서, 덜 여물어서 하면서 중얼거렸다.

아저씨는 옥수수 튀기는 게 다 똑 같은 줄 알지만 그렇지가 않다고 한다. 재료를 정확히 분석해서 불을 빼는 시점을 달리해야 좋은 물건이 나온다며 진지하게 말했다.

조금 있으니 옥수수는 큰 소리를 내며 기계에 달려 있는 망으로 쏟아졌다. 아저씨는 튀겨진 옥수수를 보더니 잘 나왔다며 흐뭇한 표정을 지었다. 우리 것은 알갱이가 작아 팝콘 모양으로 튀겨졌다. 안 튀겨진 알갱이가 눈에 띄지 않았다. 언젠가도 어머님이 주신 비슷한 재료로 딴 곳에서 튀긴 적이 있었는데, 그때는 안 튀겨진 옥수수 알갱이가 무척 많았다.

아저씨는 어찌 보면 하찮을 수도 있는 뻥튀기를 직업으로 가지고 있지만 누구보다 그 일에 자부심을 가지고 최선을 다하고 있었다. 혼자 하는 일이지만 나름대로 규칙을 세워 놓고 지키려고 애쓰는 사람이었다. 최고의 재료를 구하기 위해 정선까지 가는 그를 보면서, 대모산에서 불어오는 상쾌한 바람 같은 느낌을 받았다.

(2001)

웃음의 의미

우리 식구는 잘 웃는 편이다. 크고 작은 가족사진이 거실에 놓여 있는데, 그 사진 속의 모습들은 한결같이 웃고 있다. 남편은 아예 치아를 다 드러내 놓고 있어, 사진을 들여다보고 있으면 웃는 소리가 들리는 것 같다.

그중에서도 큰아이는 유독 웃음을 달고 있다. 고등학교에 들어갈 때에는 아이에게 학교에서는 공연히 웃지 말라고 당부까지 했었다. 그러나 입학 후 얼마 지나지 않아 아이는 교련 시간에 뺨을 한 대 얻어맞고 왔다. 그 시간에는 자세를 바르게 함은 물론 표정까지 엄숙하게 해야 하는데, 아들이 미소를 띠고 서 있었던 모양이다.

그 이야기를 듣고 속상하기보다 모전자전이라는 생각에 웃음이 나왔다. 나도 아들만 할 적에 비슷한 경험이 있었기 때문이다. 내가 고등학교에 다닐 때 '썩은 미소'라는 별명을 가진 세계사 선생님이 계셨다. 그 선생님은 잘 웃지도 않으셨지만, 어쩌다 웃는 웃음도 비

웃는 것처럼 보여 그런 별명이 붙여졌다. 세계사 시간이면 선생님이 무서워 심각한 표정으로 앉아 있어야 하는데, 어느 날 그만 내가 일없이 웃은 죄로 한 시간 내내 교탁 옆에 서 있는 벌을 받은 일이 있었다.

웃는 것을 싫어하는 사람은 드물겠지만, 친정 식구들은 유별나게 잘 웃는다. 그래서 사람들은 우리 집은 어려운 일이나 안 되는 일이 없을 것 같다는 말들을 하곤 한다. 설사 심각한 일이 있어서 모였다 해도 그 일을 얼른 해결해 놓고 즐겁게 어울린다. 친정에 식구들이 모이는 날은 웃음소리가 그치질 않는다.

식구 중에 어머니의 웃음은 단연 으뜸이다. 유머도 풍부하시고 늘 웃는 모습으로 즐겁게 지내신다. 아버지는 과묵하시어 웃는 일이 별로 없어 어머니와는 성품이 완연히 다르다. 여러 자식 중에 어머니를 닮은 동기도 있고 아버지를 닮은 동기도 있다. 그러나 어머니의 우스갯소리에는 아버지도, 아버지를 닮은 남동생도 웃지 않고 배길 재간이 없다.

어머니는 결혼하기 전까지는 무척 유복한 가정에서 자라 고생을 모르셨지만, 가정을 꾸리고 나서부터는 그렇지 못했다. 아버지가 평탄한 길을 가시지 못한 분이라서 더욱 그럴 수밖에 없었다. 그런데도 어머니는 늘 웃고 지내셨다. 동네 사람들은 서로 의견이 맞지 않는 일이라도 생기면 으레 어머니를 찾곤 했다. 어머니가 웃으며 내리는 판결에는 언제나 화해가 이루어졌기 때문이다.

내가 고등학교 다닐 무렵부터는 눈에 띄게 가세가 기울어졌지만 그래도 어머니는 웃음을 잃지 않으셨다. 일년에 한 번씩 전셋집을 옮겨 다닐 때도 어머니는 웃으며 이삿짐을 꾸리셨기에 우리는 이사가는 것을 즐겁게 생각했을 정도다. 언제인가 아버지가 전세금의 일부를 사기를 당해 잃어버린 적이 있었다. 그 암담한 상황에서도 식구들은 어머니의 웃음으로 몸을 추스르고, 사글세 집으로 이사가는 날은 가벼운 마음으로 짐을 쌀 수 있게 되었다.

어느 해인가 아버지가 더없이 어려운 처지에 놓여 있었을 때, 그 소문이 아버지의 동창들 사이에 퍼진 모양이었다. 동창 한 분이 그가 설립중인 학교가 있는데 그곳에 교장으로 와 달라는 편지를 아버지께 보내왔다. 아버지는 그 청을 거절하셨다. 아버지는 하시던 연구를 그만둘 수가 없었기 때문이었다. 그때도 어머니는 아버지 곁에서 뜻 모를 미소만 짓고 계셨다.

우리 형제들은 그렇게 어머니의 웃음 속에서 자랐다. 그 웃음은 우리를 밝고 건강하게 자랄 수 있게 해 주었고, 어느 무엇보다 자식들이 행복하게 살 수 있는 방법을 가르쳐 주셨다.

그런데 요즈음은 아버지가 병중이라서 어머니의 웃음이 보이지 않는다. 친정에 동기들이 다 모여도 분위기가 전과 같지 않다. 며칠 전에는 여동생의 큰아들 때문에 식구들이 모처럼 활짝 웃을 수 있었다.

초등학교 1학년인 그 아이는 엄마가 직장에 나가기에 친할아버지와 종일 함께 지낸다. 할아버지는 남자로서 해야 할 행동과 하지 말아야 할 일을 분명하게 가르쳐 주신다. 엄마가 피아노를 배우라 하니 그것은 여자애들이나 하는 것이라며 거절했다고 한다. 그런데

학교 친구들이 모두 피아노를 잘 치는 것을 보자 그 아이도 은근히 배우고 싶은 생각이 들었던 모양이다. 어느 날 구경삼아 학원에 갔다 와서는 "할아버지, 베토벤도 남자더라." 했다는 것이다. 그 이야기에 어머니는 아버지 곁에서 오랜만에 큰 소리로 웃으셨다. 어머니의 웃음을 보고 어머니가 다시 예전처럼 잘 웃으시면 얼마나 좋을까 싶었다.

아버지는 병으로 쓰러지시기 전에는 연구소나 특허청 같은 곳에 초청 강사로 나가곤 하셨다. 그런 날은 어머니가 기쁜 표정으로 아버지의 시중을 들었다. 어머니가 근접할 수 없는 어려운 책을 들여다보며 연구에 몰두하시는 아버지를, 어머니는 늘 자랑스럽게 여기셨다.

이제는 아버지는 숫자도 몰라 전화도 걸지 못하신다. 어린아이의 지능으로 돌아가 아내를 엄마라 부르며 종일 천진난만하게 웃으며 지내신다. 어머니는 아버지의 웃음을 따라 웃을 수가 없게 된 것이다. 전에는 잘 웃지 않으시던 아버지가 이제는 웃음을 달고 사시게 된 반면에, 어머니의 얼굴에서는 웃음이 사라지고 말았다.

어떤 어려움에도 웃음을 잃지 않았던 어머니, 그 옛날 어머니가 짓고 계시던 웃음의 의미는 무엇이었을까. 자식은 여럿 있지만 어머니의 마음속에 차지하고 있는 아버지의 자리를 우리가 대신할 수는 없을 것 같다.

(1993)

논 같은 인생

아무리 불러도 나타나지 않았다. 옆에서 쫄랑거리며 따라다니던 개가 어디로 사라진 것일까. 감쪽같이 없어진 개의 행방이 묘연했다.

가을이 깊어 가는 한낮의 햇살이 따사로웠다. 하늘은 구름 한 점 없이 드높고, 숲에선 싱그러운 솔 향이 날아왔다. 우리 집 마당과 붙어 있는 들깨 밭에서, 친구와 함께 깻잎을 따고 있었다. 친구는 깻잎이랑 무말랭이 같은 것으로 겨우내 먹을 밑반찬을 맛있게 만들었다. 올해는 직접 따서 담아 보자는 친구의 제안으로, 쾌청한 날에 깻잎을 따기 시작했다.

집에서 키우는 개도 깻잎을 따는 우리 주위를 맴돌고 있었다. 애완견이라 사람을 크게 벗어나지 않고 말을 잘 알아듣는 편이다. 끈을 풀어놓아도 집 밖으로 나다니지 않는다. 우리 집을 자주 찾는 다람쥐와 새가 적이라면 개구리와 메뚜기는 친구가 되곤 한다.

이름을 '아름'이라 지어 주었다. 어디에 있든 자기 이름만 부르면 부르는 사람 앞으로 뛰어온다. 그런데 잠깐 사이에 아름이가 보이지 않는 것이다. 깻잎을 따면서 아무리 불러도 나타나지 않았다. 그런 일이 없었던 터라 불길한 생각이 들었다. 하던 일을 그만두고 아름이를 찾으러 나섰다. 집 주위를 샅샅이 둘러보아도 어디에도 없었다.

우리 부부는 개를 좋아하지 않았다. 그런데 시골로 이사를 오니 남편 친구가 선물로 개를 준 것이다. 처음에는 키울 것 같지 않았는데, 차츰 정이 들어 이제는 한 가족이 되었다. 우리를 따르는 것이 무척 사랑스럽고 귀여웠다. 남편이 집을 비우는 날에는 옆에 개가 있어 큰 의지가 되곤 했다. 그런 개가 없어진 것이다.

친구 남편은 차를 타고 우리가 자주 가는 산책길로 찾아 나섰다. 나는 나대로 이층에 올라가 소리쳐 불러 보았고, 산으로 올라가는 길목에서 큰 소리로 불러 보아도 아무런 응답이 없었다. 뒷산을 바라보니 숲 속에서 아름이가 금방 뛰어나올 듯도 한데, 나뭇잎 하나 움직이지 않았다. 시간이 지날수록 초조하고 불안하기 그지없었다. 친구 남편은 이 근처에는 없는 것 같다며 멀리 나가서 찾아보겠다고 했다. 서울에 일 보러 나간 남편에게도 알렸다.

얼마가 지났을까, 집 근처에는 없는 것으로 확신을 하고 힘없이 있자니 안타까운 마음에 눈물이 터져 나올 것 같았다. 그런데 우리가 깻잎을 따던 들깨 밭과 붙어 있는, 불과 오십 미터의 거리밖에 안 되는 논둑에 아름이가 서 있는 게 아닌가. 기운이 빠져 지친 모습의 아름이가 우리를 보고도 뛰어올 생각은 않고 멍하니 서 있었다. 방향 감각을 잃어버린 것처럼 보였다.

우리 집 바로 옆의 이백여 평 정도 되는 논에는 벼가 심어져 있다. 벼는 곧 추수를 해도 될 정도로 누렇게 익어 가벼운 바람에도 벼이삭이 살랑거렸다. 그 논에 이따금 새가 날아 들었다. 아름이는 우리 옆에서 놀다가 새를 보고 논으로 뛰어든 모양이다. 오리 사냥개여서인지 새만 보면 쫓아가는 습관이 있었다. 논으로 뛰어든 아름이는 내가 부르는 소리를 듣고 밖으로 달려 나오려 했을 것이다.

모를 심을 때는 좌우 앞뒤의 간격을 정확히 맞추어서 심는다. 어느 쪽으로 봐도 일직선으로 줄이 고르다. 그런데 직선으로 된 길을 모르고 돌기만 하면 길은 보이지 않는다. 아름이는 길을 찾지 못하고 뱅글뱅글 돌기만 한 것 같았다. 이백여 평의 이랑을 돌기만 하면 한없이 넓을 듯하다.

자기를 부르는 소리를 듣고도 논 밖으로 나오지 못한 아름이의 당황해 하는 모습을 생각하니 애잔하기 그지없었다. 우리가 부르는 소리를 듣고도 짖지 못할 정도로 여유 없이 길을 찾아 헤맨 것이리라. 가까스로 빠져 나와 논둑에 힘없이 서 있다가 눈에 띈 것이다.

논에서 끝없이 헤매는 게 어찌 개뿐일까 싶다. 벼가 익어가는 논은 사방이 직선으로 되어 있어 통과하기가 쉽게 보이지만, 사람들도 뱅글뱅글 돌기만 한다. 남이 보기에는 직선으로 된 길로 쉽게 가는 인생처럼 보이는 사람도, 자기는 왜 이렇게 어렵게 사는지 모른다고 말하곤 한다. 쉬운 것 같으면서도 어려운 게 인생이지 않는

가. 한번 돌기 시작하면 끝없이 헤매게 된다. 얼마나 진지하게 헤매는지 한 치의 앞길도 볼 수 없고, 무엇을 향해 가는지조차도 잊어버린다.

하긴 사람이 생의 앞을 내다볼 수 있다면 누가 그렇게 치열하게 살아낼 수 있을까. 짜여진 각본대로 삶을 산다면 더 이상 생각도 배움도 필요 없는 동물과 다름없을 것 같다.

인간을 한눈에 내려다볼 수 있는 능력을 가진 존재가 있다면, 미로를 헤매는 사람의 모습이 어떻게 비춰질까. 아마 우리도 이백여 평의 논을 끝없이 헤매는 것으로 보이지는 않을지 모르겠다.

(2003)

비둘기

모처럼 딸아이와 함께 백화점에 갔다. 그 곳은 우리 집에서 그다지 멀지 않아 가끔 들르는 편이다. 그럴 때마다 주위에서 한가로이 노니는 비둘기가 사람들에게 안온함을 주는 것 같았다. 때로는 여유롭게 날아다니는 그 모습이 백화점의 현대식 건물이 주는 삭막함을 덜어 주는 느낌이 들곤 했다.

오늘은 딸아이가 잠시 쉬어 가자고 하는 바람에 백화점 앞의 의자에 앉았다. 위를 쳐다보니 입구를 아치형으로 장식한 곳에 여러 마리의 비둘기가 앉아 있었다. 그날따라 그 비둘기들은 꼼짝도 하지 않은 채 백화점에 드나드는 사람들을 내려다보았다. 내 옆에서 즐거운 표정으로 비둘기를 쳐다보고 있는 딸아이와 잠자코 앉아만 있는 비둘기를 번갈아가며 보고 있자니 문득 지난 일이 생각났다.

우리 집에서 올림픽 경기장은 비교적 가까운 거리에 있다. 올림픽이 반년 남짓 앞으로 다가오자 개막식에 날리게 될 비둘기들이 무리를 지어 날아다녔다. 그중의 몇 마리는 반드시 우리 집 베란다에 와서 놀다가곤 했다. 아침에 일어나 창 밖을 내다보면 으레 몇 마리의 비둘기가 앉아 있었고, 점심 때쯤이면 또 한 차례 모여 들곤 했다. 평화를 상징하는 새인데 우리 집에만 날아드니 길조로 생각되어 괜히 기분이 좋았다.

아침에 식구들이 모두 나가면 한가해진다. 그럴 때 비둘기와 눈을 마주치며 서로 쳐다보고 인사도 나눈다. 회색 깃털이 햇빛이라도 받으면 무지개 빛으로 변해 참 아름다웠다. 앓는 듯이 구구거리는 소리도 내게 보내는 사랑의 응답으로 들려 마냥 좋아했다. 가끔은 문을 열고 아주 가까이 다가가 손으로 깃털을 만지는 시늉도 해 보았다.

그렇게 하루하루 비둘기와 가까워지고 있었다. 아직은 쌀쌀한 날씨지만 거실 문을 활짝 열어 놓고 대청소를 하기 시작했다. 그런데 베란다에 앉아 있던 비둘기 한 마리가 열어 놓은 문을 통해 갑자기 집 안으로 날아들었다. 거실로 날아든 비둘기도 나도 다 같이 놀라기는 마찬가지였다. 낯설고 좁은 공간에 들어온 비둘기는 허둥대며 날아다녔다.

늘 내가 강자로서 비둘기를 내려다보며 보호해 주고 있었는데, 닫힌 공간에 들어와 날아다니니 더 이상 약한 동물로 보이지 않았다. 털을 날리며 좁은 공간을 휘젓는 비둘기가 두렵기까지 했다. 밖으로 빨리 몰아낼 궁리를 하다가 빗자루를 들고 밖으로 쫓아내려고 애를 썼다. 내가 그럴수록 비둘기는 나갈 곳을 찾지 못하고 더욱 날쌔게 날아다녔다. 잠시 동안이었지만 있는 힘을 다해 비둘기를 몰아내고 말았다. 온몸에 힘이 쭉 빠지는 느낌이 들어, 한참 동안 아무 일도 못하고 멍하니 앉아 있었다.

잠시 후 내친 김에 베란다 청소도 하게 되었다. 베란다의 구석구석과 창틀 사이에 곡식의 낟알이 흩어져 있는 게 아닌가. 그제야 비둘기가 우리 집에 날아오는 이유를 알 수 있었다. 언제부터인지 아이들이 학교에 다녀와서 비둘기에 대해 물어보곤 했다. 비둘기가 날아들기 시작했던 무렵에는 아침에 깨우지 않아도 일찍 일어나 베란다 가까이 다가가서 저희들끼리 소곤거렸다. 아이들은 매일 내가 모르는 사이에 낟알을 베란다의 여기저기에 뿌려 놓은 것이었다. 그동안 비둘기에게 이름까지 지어주며 서로 정을 주고받은 모양이었다.

비둘기는 아이들이 던져 주는 먹이를 주워 먹기 위해 날아든 것이었다. 나는 비둘기와 아이들의 은밀한 관계를 알고 나니 나만 속임을 당한 것 같았다. 베란다에 남아 있는 낟알을 한 톨도 남기지 않고 깨끗이 치워 버렸다. 아이들에게 다시는 곡식을 뿌리지 못하게 단단히 일러두었다. 그 뒤 비둘기는 차츰 우리 집에 날아들지 않게 되고, 아이들이 서운한 눈빛을 보내도 모른 척하고 지냈다. 비둘기와 아이들에게 했던 내 행동이 지나쳤다고 생각해 본 적도 없었다. 그런데 지금 딸아이가 비둘기를 쳐다보며 행복해 하는 모습을 보니, 그때 일이 잘못 되었다는 생각이 드는 것이었다.

집 안으로 날아든 비둘기를 나는 왜 적으로 대했을까. 그깟 비둘기 한 마리에 겁먹은 얼굴로 내쫓을 생각만 했을까. 내게 다가온 비둘기를 조용히 맞았다면, 조심조심하며 가까이 다가올 수도 있었을 텐데. 비둘기와 내가 진심으로 가깝게 지낼 수 있는 기회가 될 수도 있었을 텐데.

(1992)

달을 보고 짖는 개

한밤중에 개 짖는 소리에 잠이 깼다. 산에서 들리는 새소리나 풀밭에서 나는 벌레 소리에는 이젠 잠을 설치지 않는다. 이따금 들리는 닭 우는 소리나 개 짖는 소리에도 잠을 깨진 않는다. 그런데 오늘 밤에는 개 짖는 소리가 유난히 크게 들린다. 좀처럼 그칠 것 같지 않다. 가만히 들어보니 짖는 소리에도 박자를 맞추는 듯했다. 컹컹 컹컹 두 번씩 연달아 짖고 좀 사이를 두었다가 또 그렇게 짖었다. 계속해서 규칙적으로 반복했다.

무슨 일이 있기에 개가 저렇게 오랫동안 짖어대는 것일까. 잠자리에서 일어나 커튼을 제치고 밖을 내다보니 대낮인 양 훤하게 밝았다. 하늘을 쳐다보니 보름달이 두둥실 떠 있지 않는가. 달이 어찌나 밝은지 나도 깜짝 놀라겠는데, 개인들 가만히 있을 수 있겠는가. 아마 사람이 손전등 불빛이라도 비추는 것으로 착각을 한 모양이었다. 미련스런 개는 달이 사라질 때까지 짖을 것 같았다. 그 소리에 잠이 깬 나는 좀체 다시 잠이 올 것 같지 않았다.

이 밤에 달을 보고 있는 건 나와 개뿐인 듯했다. 고요한 밤에 개는 계속해서 짖어대고 나는 방에 우두커니 앉아 있자니 내가 한심하다는 생각이 들었다. 달을 보면 무슨 생각이라도 떠오를 법도 한데 아무 생각이 없다. 그저 내 마음에도 보름달 하나 안고 있는 것밖엔.

나는 벌떡 일어나 밖으로 나왔다. 이 세상에 나 혼자만 존재하는 것 같고, 이 밤에 저 달을 쳐다보는 사람도 나 혼자일 것만 같았다. 여름인데도 달이 비추는 주위가 싸락눈이라도 내린 것처럼 차갑게 느껴졌다. 걸음을 옮기면 사각사각 눈 밟는 소리가 날 것 같았다. 그러나 흙을 밟아도 그런 소리는 나지 않고, 낮에 밟았던 감촉과 다르지 않았다.

달빛이 내리 비추는 호수의 물은 냉정하기 이를 데 없어 보였다. 낮에는 그 물이 해도 품고 산자락도 품었다. 그곳에 물고기가 튀어 오르고 물새가 물을 차며 장난을 쳤다. 그런데 지금은 낮과 너무 다르게 차가운 기운만 돌아 낯설다.

달은 나를 따라 움직이며 나만을 비춰 주었다. 이제는 개 짖는 소리에는 아랑곳하지 않았다. 살아가면서 내일이면 이지러질 보름달을 만나기가 어디 그리 쉬운 일이던가. 나는 달을 가슴에 한가득 안고 천천히 걸었다. 아마 다른 사람이 이런 모습을 보았다면 정신이 이상한 여자로 생각했을 듯도 하다. 그래, 누군들 세상을 살면서 가끔은 정신이상자가 되어 어디든 떠돌고 싶을 때가 없지 않았을까?

정신이 이상해지면 여름에 누더기를 덕지덕지 걸쳐도 아무렇지 않을 것이고, 다 낡아 살이 보이는 해진 옷을 입어도 부끄럽지 않을 것이다. 그러면 사람들이 정해 놓은 규칙을 지키지 않아도 되지 않는가. 동서남북을 알 필요도 없고, 돈도 하찮은 종이에 불과해 쓸모가 없어지는 정신 상태. 나도 그렇게 정신을 놓고 싶을 때가 없지 않았다. 극도의 스트레스로 뒤죽박죽이 된 정신도, 오늘 같은 밤에는 평정을 찾을 것만 같았다.

집 주위를 한바퀴 돌고 제자리로 돌아왔다. 이제 다시 개 짖는 소리가 들렸다. 한기가 느껴져 안으로 들어가고 싶었다. 갑자기 저녁밥을 거른 것처럼 허기가 느껴졌다. 냉장고로 달려가 주스 한 잔을 들이켜자니 달이 너무 무심하다는 생각이 들었다. 개가 저렇게 오랫동안 짖는 데도 아무런 응답이 없을 수가 있을까. 오랜 세월 동안 얼마나 많은 사람들이 사람에게 못하는 하소연을 저 달에게 했을까. 얼마나 많은 어머니들이 정화수 한 그릇을 떠놓고 달을 쳐다보며 자식의 모자람을 채워 주기를 소원했을까. 그때나 지금이나 달은 무심한 채 그대로 있지 않는가. 그러나 생성과 소멸을 수없이 해 온 달은 우리에게 무엇을 가르치려 하는 것은 아니었을까.

> 초승달 땐 더디 둥글어 안타깝더니
> 둥근 뒤엔 이리 쉽게 이지러지나.

언젠가 읽은 한시 한 구절이 떠올랐다. 어릴 때는 빨리 자라 어른이 되길 그렇게 소원했었는데, 나이가 드니 금방 머리에 서리가 앉질 않는가. 그런 이치가 어디 한두 가지이랴. 그 뜻을 빨리 깨우칠 수 있다면, 우리는 우리의 삶을 지혜롭게 살아갈 수 있을 것도 같은 생각이 들었다. 또 인생이 그렇게 허무하다는 생각도 하지 않을 것만 같았다.

아직도 개는 달을 보고 짖고 있다. 그 모습을 보고 어리석다고 말할 수 있는 사람은 없을 것이다. 한평생을 달을 보고도 깨우치지 못하는 인간이 어찌 달을 보고 짖는 개를 논할 수 있겠는가.

(2002)

처음의 모습

오랜만에 경주를 찾았다. 그 곳에는 몇 번 갔었지만 그때마다 유물과 유적지를 겉모습만 보고 돌아왔다. 그래서 이번에는 경주에 대해 전문적인 지식이 있는 사람의 안내를 받기로 했다. 안내자는 가기가 쉽지 않다는 남산을 추천했다.

그 남산에는 문화재가 있는 것이 아니고, 그 곳 자체가 그대로 문화재라는 것이었다. 산을 오르는 길 옆으로 비석도 상석도 없는 무덤의 봉분들만이 다닥다닥 붙어서 솟아 있었다. 그것이 무한한 세월을 떠안고 있어서인지, 그냥 무덤으로 보이지 않고 유적지나 예술품처럼 의미 있게 보였다.

남산에는 크고 작은 바위에, 모습과 기법이 다양한 불상이 수없이 새겨져 있었다. 그런 모습에서 신라 시대에 불교가 얼마나 번성했었는가 짐작이 되었다. 아직도 새로운 불상이 발견된다고 한다.

신라 시대에는 서민들이 절에 모신 부처를 볼 수가 없었기에, 남산에 있는 바위들에 불상을 새겨 놓고 자유로이 만났다는 것이다. 그래서인지 불상은 평범한 이웃 사람들의 모습을 하고 있었다. 어떤 불상은 동네 구멍가게 아저씨의 얼굴을 닮았고, 어떤 불상의 코는 펑퍼짐한 내 코를 닮아 미소를 짓게 했다.

그 많은 불상은 바위를 옮기거나 자연을 거슬러 새겨진 것은 하나도 없었다. 우리가 본 것도 바위가 튀어나온 부분에 따라 배가 나온 부처가 있는가 하면, 입술을 앞으로 쑥 내민 불상도 있었다. 바위 그 자체만으로 어떤 형상이 잡히는 것은 손을 대지 않고 그대로 두었다. 그런 것을 보니 "자연은 사람과 함께 하는 수평적 관계"라는 조선 시대에 어느 학자가 한 말이 생각났다. 그 말은 인간이 자연을 훼손하고 난 뒤에 얻게 되는 진리일 텐데, 신라 사람들은 그때 이미 그것을 실천했으니 그 높은 정신세계에 놀라지 않을 수 없었다.

그 날 본 것 중에, 바위를 파내고 그 속에 조각해 놓은 부처골의 감실 부처의 다소곳한 여인상은 잊을 수가 없다. 그 세월의 켜를 글로 표현하기에도 벅찬 시기에 이미 그곳에 있었다지 않는가. 오랜 시간 속에 손끝 하나 다치지 않고 단정한 자태로 다소곳이 앉아 있었다.

나는 그 모습을 보고 엉뚱한 상상을 했다. 불심에 가득 찬 어느 석공이, 불상을 새길 바위를 찾아 산을 헤맸다. 그러던 끝에 감실의 커다랗고 잘생긴 바위를 발견했다. 그는 사람들의 눈에 잘 띄지 않는 곳에 있는 그 바위에, 감히 서둘러 손을 대지 못하고 바라만 보고 있었다. 하루, 이틀, 한 달, 일 년이 지나도록 그렇게 뚫어져라 바라보다가, 어느 날 그는 깜짝 놀랐다. 그 바위 속에는 이미 불상이 들어 있지 않는가. 그때부터 그는 땅속에 있는 유물을 찾듯, 바위를 정성스럽게 다루었다. 그러기를 몇 년 만에 드디어 바위 속에 들어 있는 부처의 모습이 소롯이 나타난 것이리라. 그렇지 않고서는 바위 속에 쏙 들어앉아 있는 모습이 저렇게 자연스러울 수가 있을까. 아무리 생각해도 사람이 조각한 것이라고 하기에는 믿어지지가 않았다.

나는 한참 동안 그 앞에 서서 어떻게 하면 1350여 년의 그 긴 세월을 절실히 느낄 수 있을까. 어떻게 하면 그 시대에 가깝게 다가갈 수 있을까를 생각했다. 그래서 감실 부처가 태어난 그 무렵 사람들의 습성과 생활상을 애써 그려 보았다. 그런 생각을 하다가 그 부처를 쳐다보자니, 그 오랜 세월의 공백이 느껴지지 않고 그때가 어제인 듯한 착각이 드는 것은 웬일일까.

감실 부처의 모습은 그 시대의 어디서나 볼 수 있는 여인처럼 친숙하게 표현되었다. 고개를 약간 숙인 모습이 한없이 겸손해 보이고 인자하게 보였다. 그것은 이 땅에 살았던 여인들의 모습이자 아직도 많은 사람들이 여인에게 바라는 덕목이 아닐까. 그래서 천 년이 넘는 역사 속에서 대부분의 불상이 훼손되었는데도, 영원한 여인상인 부처골의 감실 부처는 그대로 있을 수 있었던 것이란 생각이 들었다.

그 부처는 모습뿐 아니라 거기에 깃든 정신까지 이어져 1350여 년의 세월을 뛰어넘어 지금껏 처음의 모습 그대로 남아 있을 수 있지 않았을까.

(2000)

짝사랑이 아니었습니다

이사를 가기 위해 집을 팔려고 내놓았다. 경기가 안 좋아서인지 한동안 부동산 중개소에서 아무 소식이 없더니, 반갑게도 집 구경을 오겠다는 연락이 왔다. 집 보러 온 나이 든 부인이 어디서 많이 본 듯한 모습인데 선뜻 떠오르지가 않았다. 그런데 이북 사투리에 고음이 특이한 그 목소리를 듣자 금방 알아차릴 수 있었다.

그는 오래전에 아버지와 사범학교에서 함께 근무한 적이 있는 음악 선생님이셨다. 내가 다닌 학교가 사범학교 부속 초등학교라 아버지가 근무하는 학교와 건물이 같이 붙어 있어, 아버지도 그 선생님도 교내에서 자주 볼 수 있었다. 그 시절 그는 여자이면서도 우리 집 출입이 잦을 정도로 아버지와 친하게 지내셨다.

나는 선생님께 내가 누구라고 이야기하고 차와 과일을 대접했다. 그는 먼저 아버지의 안부를 물었다. 병환 중이라는 나의 말에 몹시 안타까워하시며 아버지가 젊은 시절에 가졌던 학문에 대한 관심과

인품에 관한 이야기를 들려주며 만나지 못하는 아쉬운 마음을 감추지 못하셨다.

아버지는 평소에 말이 없는 분이라 집 밖에서 있었던 일은 식구들이 아무것도 모른다 해도 과언이 아니었다. 집에 들어오시면 늘 책을 들여다보느라 우리들에게 말씀으로 가정교육을 시키지도 않았고, 학교 성적으로 기를 꺾지도 않았던 편안한 분이셨다. 아버지는 40대까지 교직에 계셨기에 남들에게서 그분에 대한 이야기를 들을 기회가 많았다. 그럴 때는 우리가 알지 못했던 아버지의 다른 모습을 새롭게 듣곤 했다.

그런 아버지가 연세가 드니 식구들이 모인 자리에서 과거에 있었던 이야기를 직접 들려주기도 하며 말씀이 많아지셨다. 그 중 몇 명의 제자 이야기를 자주 하셨는데, 그들에 관한 잊지 못하는 사연을 곁들이면서 자랑을 하셨다. 나중에 크게 되는 사람들은 일찍 교사의 눈에 띄는지, 많은 세월이 흘렀지만 그들에 대한 구체적인 일까지 잊지 않고 있었다. 그런 이야기를 듣는 식구들은 괜히 아버지만 짝사랑하는 것이지 그 사람들은 아버지를 생각이나 하겠느냐고 반박을 하곤 했다. 그래도 개의치 않고 이야기하는 아버지의 모습은 늘 즐거운 표정이었다.

아버지는 포항에 있는 공과대학 학장이셨던 제자 이야기를 자주 하셨다. 과학 선생이셨던 아버지는 학창 시절에 그 과목에 관심이 많고 머리가 뛰어난 그를 일찍 큰 학자가 될 것으로 마음속으로 점찍어 놓은 듯 보였다. 어느 날 그 제자가 미국의 대학에서 새로 세운 대학의 학장으로 오게 된 것을 신문에서 보고는 흥분까지 하면서 기뻐하셨다. 그러고는 그 학교는 틀림없이 우리나라에서 최고의 대학이 될 것이라며 제자를 믿는 마음이 깊었다. 그때 고등학생인 외손자를 그 대학에 꼭 보내야 된다며 나에게 몇 번이나 다짐을 받아내곤 했다.

그 뒤 그 대학과 학장이 매스컴에 나오면 그의 근황을 일일이 가족들에게 이야기해 주셨다. 그런 아버지를 보면서 아버지의 짝사랑이 지나친 것이 아닌지 은근히 걱정이 되기도 했다. 그러나 그 걱정은 너무도 빨리 사라졌다. 아버지는 병으로 기억력이 차츰 소멸되어 갔기 때문이다.

내가 잘 아는 사람 중에 아버지의 제자가 있다. 그의 아들이 포항에 있는 그 공대에 다니고 있었다. 그 대학의 학장과도 집안 간으로 잘 아는 사이라, 아들을 찾아간 터에 학장도 만나본 모양이었다. 그 자리에서 그는 아버지의 병세를 전했다 한다. 그랬더니 겉으로 보기에는 아버지와 연세가 비슷하게 보이는 학장이 "내가 사람의 도리를 다하지 못하는구나." 하시며 금세 눈시울을 적시더라 했다. 그 말을 전해 듣고 내 마음은 슬픔과 기쁨이 엇갈렸다.

그리고 얼마 후 그 학장이 교내 체육대회 때 갑자기 한 과격한 운동이 충격이 되어 뇌출혈로 이 세상을 떠났다. 신문과 방송에서는 그의 안타까운 죽음을 보도했지만, 그것을 보고도 아무것도 모르는 아버지는 편안해 보였다. 그러나 아버지를 바라보는 우리 형제들의 마음은 그렇지가 못했다.

나는 말뜻을 알아듣지 못하시는 아버지께 꼭 해 드리고 싶은 말이 있다.

"아버지, 아버지의 사랑은 짝사랑이 아니었습니다."

(1998)

감동

대학교 3학년인 딸아이가 휴학을 하고, 유명한 화랑에 아르바이트 자리를 구했다며 기뻐했다. 아이의 전공이 미술이라 좋은 경험이 될 것 같았다. 화랑에서 전시하는 그림들을 관람객들에게 안내도 하고, 설명도 하는 일을 하는 모양이었다. 새로 지은 화랑에서 개관 전시회에 유명한 박생광, 권진규, 장욱진 전이 열린다고 했다.

딸아이는 며칠 전부터 화가들의 연보와 화풍과 일화를 적은 글을 몇 번씩 읽었다. 일을 한 지 일주일쯤 지난 어느 날이었다. 퇴근을 한 아이가 "어제와 오늘, 이틀 동안 감동으로 눈물을 두 번이나 흘렸어." 하며 아직도 그때의 기분에 젖어 있는 듯 저녁밥을 먹을 생각을 하지 않고 있었다.

장욱진 화백의 부인은 가난한 화가의 아내로서 생계를 꾸리기 위해 서점을 한 적이 있다. 화가는 평소에 부인이 밖에 나가 고생하는 것을 못마땅하게 생각해, 술만 먹으면 가게를 하지 못하게 잔소리를 했다. 그래서 부인은 저녁이면 언덕위에 있는 서점에서 남편이 오는 것을 미리 내다보고, 술이 취한 것 같으면 얼른 셔터를 내려 버렸다. 장화백은 며칠이고 술독에 빠져 있기도 하지만, 그림에 정진할 때는 더없이 맑고 넉넉한 도인의 모습이었다. 화가이지만 비교적 평범한 가장으로 살았던 분이다. 그림은 아이들을 그린 그림이 많았다. 가족이 서로 얽혀 있는 모습과 가축과 아이들이 노는 모습을 자연스런 붓놀림으로 표현했다.

화가가 말년에 불심이 지극한 아내가 몹시 아프자 경문을 붓으로 베끼는 사경(寫經)을 권했다 한다. 이번에 전시된 그림은 사경을 권하면서 아내에게 시범을 보이기 위해 그린 그림들이다. 그것이 우리 눈에는 '붓장난'을 한 것처럼 보인다. 아내를 편하게 하기 위해 그린 것이라서 보는 사람들의 마음까지 편안하고 푸근하게 하는 것 같다. 남편을 먼저 저세상으로 보내고, 할머니가 된 부인이 혼자 남편의 그림을 관람하는 모습을 보는 순간, 딸아이는 몰래 눈물을 흘렸다는 것이다.

다른 전시실에서는 권진규 서거 25주년을 기념하는 조각전이 열리고 있었다. 권진규는 식민지 시대에 태어나 해방과 전쟁을 경험한 사람이지만 구체화된 역사의식으로 시대에 맞서지는 않았다. 그러나 그만큼 역사의 한가운데를 가로질러, 시대의 아픔을 혼자 짊어진 듯한 생애를 산 사람은 흔치 않을 것이다.

작가의 부친이 그림 그리는 것을 반대해, 더 큰 자신의 고뇌와 시대의 우울함을 안고 지냈다. 그 고뇌와 우울함을 작품으로 일치

시켜 긴장과 담금질의 열매로 작품을 얻어 냈다. 그는 작품이 인정을 받고 있을 즈음 '인생은 공, 파멸' 이라는 유서를 남기고 자살로 생을 마감했다. 그러나 부드러운 흙을 그토록 음울하고 신비로운 것으로 바꿀 수 있는 힘의 근원은 세상에 대한 포기가 아니라, 비극과 구원의 양면을 온몸으로 받아들인 결과였다고 한다.

나는 딸아이에게 작가에 대한 상식을 미리 듣고 작품을 둘러보았다. 한 점 한 점에서 작가의 아픔이 느껴져 내 마음까지 엄숙해졌다.

그 작품전을 보기 위해 멀리 캐나다에 살고 있는 권진규의 누님이 온 것이다. 그가 딸아이의 안내로 화랑을 둘러보고 있는데 어디서 쿵하는 소리가 났다. 그는 두 손을 가슴에 모으며 무척 놀란 표정으로 무슨 소리냐고 조용히 물었다. 작품 근처에 쳐 놓은 작은 바리케이드가 넘어지는 소리라 했더니, 그는 작품이 넘어진 줄 알고 얼마나 놀랐는지 모른다며, 그제야 숨을 크게 쉬더라고 했다. 그 모습을 지켜본 딸아이는 자기도 모르게 눈물이 핑 돌더라고 했다.

그 누님은 동생의 삶을 누구보다 잘 아는 사람이니 그의 작품 앞에서 무슨 생각을 했을까. 동생의 엄청난 고뇌와 희생이 낳은 분신과도 같은 작품 앞에 선 늙은 누님의 아린 마음이 나에게도 전해오는 듯했다. 그는 동생의 작품을 잘 보살펴 달라는 당부를 여러 번 하며 화랑을 떠났다 한다.

작가의 가족들은 아픔을 함께 하고, 작품을 얻기까지의 힘든 과정을 누구보다 잘 알고 있다. 어쩌면 사랑하는 가족이기에 화가 자신보다도 바라보는 그들의 마음이 더 애타고 고통스러웠을지도 모른다. 그 절절한 심정이 화가의 누님을 통해 딸아이에게 그대로 전해와 감동으로 이어진 것이리라.

사람이 살아가면서 자기도 모르게 눈물이 날 정도의 찡한 감동을 몇 번이나 경험할 수 있을까. 성질이 몹시 강퍅한 사람도 감동을 느끼는 순간만은 더없이 순수한 마음이 된다. 또 그런 고귀한 경험은 첫사랑의 느낌처럼 아름다운 추억으로 우리의 가슴속에 영원히 남아 있으리라.

(1999)

| 2부 |

팽이

능소화

여름이 되면 능소화가 활짝 핀다. 모든 식물이 뜨거운 열기로 축 늘어져 있을 때, 능소화는 싱싱한 모습으로 꽃을 피운다. 올해는 더위가 빨리 찾아온 탓인지 벌써 꽃이 피어 가슴을 설레게 한다.

내가 고등학교에 다닐 무렵, 우리 집 돌담에도 능소화가 무수히 피었다. 능소화의 가지에는 어디에든 달라붙는 흡착근이 있어, 깔대기처럼 생긴 주황색의 화려한 꽃들이 돌담을 다 덮어 장관을 이루었다. 그 무렵 어머니는 능소화를 쳐다보는 눈빛이 보통 때와는 달랐다. 아련한 추억에 젖어드는 어머니의 눈빛은 한 여자의 그것이었다.

어느 날 능소화가 한창일 때 어머니는 아직도 어린 딸에게 입을 열었다. 어머니가 어릴 때 외할아버지는 가족을 데리고 일본으로 건너갔다. 초등학교부터 일본에서 공부해서인지 어머니의 말씨나 외모는 그곳 사람과 다를 바가 없었다고 했다. 학업을 마치고 양재

학원에 다니며, 자전거도 타고 수영도 하며 자유로운 처녀 시절을 보냈다. 그런 어머니는 일본 사람을 사귀고 있었는데, 정이 깊어 갈수록 걱정 또한 커갔다. 그와 자주 만나며 정을 나누던 곳에는 능소화가 많이 피어 있었다 한다. 그 이상은 나에게 말할 수 없었는지 어머니의 이야기는 그것으로 그만이었다.

그 후 딸의 낌새를 알아챈 외할아버지는, 혼인은 우리나라 사람과 내 나라에서 해야 된다며 모든 일을 제치고 황급히 귀국을 서둘렀다. 어머니는 우리나라에 오자 한글도 깨우치기 전에 결혼을 해야 했다. 그 뒤 시집살이와 자식 낳아 키우느라 추억을 돌아볼 여지도 없는 생활을 하셨다.

어머니는 우리나라에 와서 능소화를 본 게 내가 고등학교때 살았던 그 집에서 처음이었다고 했다. 옛날에는 능소화를 양반 집 정원에만 심을 수 있어서 양반 꽃이라고도 불렀다. 우리가 살았던 집은 그 지방에서도 알려진 세도가의 집이었다. 그래서 심은 지가 오래된 듯, 보기만 해도 그 세월을 느낄 수 있을 정도로 무성하게 자라 있었다.

이사 온 집에 능소화가 만발하니 어머니는 잊고 있었던 옛 일이 생각난 것이다. 그 무렵 우리 집에 오는 사람들에게 어머니는 조금은 흥분된 어조로 일본말을 섞어가며 소개했다. 그때는 흔히 볼 수 없는 꽃이라, 사람들은 고개를 끄덕이며 진지하게 들었다. 능소화가 핀 마당에서 어머니의 애틋한 연정을 듣고, 나에게도 훗날 그런 만남이 있을 것 같은 기대감에 가슴이 부풀었다.

능소화 하면 생각나는 집이 있다. 소설가 임옥인 선생과 방기환 선생 부부가 살았던 집이다. 강동구에 있는 그의 집은 능소화가 만발하는 곳이라 하여 '능소원'이라 불렀다. 슬하에 자식이 없었던 부부는 능소원을 문인들의 사랑방 역할을 하게 개방했다. 남편을 저 세상으로 먼저 보낸 부인은, 남은 여생을 능소원에서 지내며 그 집을 끝까지 아끼셨다. 평범하지 않았던 그들의 삶에 능소화는 어떤 것이었을까. 아이들이 없는 쓸쓸함을 능소화로 달래지는 않았을까. 능소화의 짙푸른 잎과 수없이 피어나는 화려한 꽃은 그들의 허전함을 달래고도 남았으리라.

얼마 전에 능소화에 대한 이야기를 듣고 깜짝 놀랐다. 꽃에 치명적인 독이 있다지 않는가. 꽃가루가 묻은 손으로 눈을 비비면 실명까지 될 수 있어, 아이들이 꽃을 함부로 만지지 못하게 하라는 것이었다.

능소화는 이상하게 사람 손이 닿기만 하면 떨어지고 만다. 싱싱한 줄기에 꼿꼿하게 달려 있는 꽃을 살짝 건드리기만 해도 맥없이 떨어진다. 그것이 재미있어 언젠가는 일부러 꽃마다 손을 대어 본 적도 있었다. 독이 손에 닿기 전에 꽃이 떨어지는 것은 능소화의 배려가 아닐까 생각한다.

능소화는 바라보기만 해야 하는 꽃이다. 가질 수 없어 더욱 아름다운 능소화. 아름다움과 독은 대체 어떤 관계일까. 인간의 선과 악이 함께 존재하듯이 아름다움과 추함, 독과 약, 이런 것들도 공존하는 것은 아닐까.

능소화가 핀 돌담 아래에서 어머니의 이야기를 듣던 소녀는 앞으로 인생이 아름답기만 할 것 같았다. 그러나 지금껏 살아본 삶은 그렇지가 않았다. 아름다움이 있으면 추함이 있었고, 기쁜 일이 있으면 슬픈 일이 그 다음을 준비했다. 아름다운 능소화에 독이 있는 것은 인생의 아이러니와 같다고나 할까.

요즘 능소화가 한창이다. 그것을 바라보면서 어머니의 젊은 시절을 떠올리고, 어머니의 이야기를 들으며 앞으로의 내 인생을 생각하고 가슴 설렜던 그 모습을 떠올린다.

(2001)

사소한 일

남편은 지방 근무를 한 지 일 년 만에 서울로 올라왔다. 며칠 동안은 가족과 함께 지내는 게 좋은 듯하더니, 얼마 지나자 지방 근무가 생각보다 일찍 끝난 것이 서운한 눈치였다. 나중에는 그 곳 근무를 연장하지 못한 일이 후회가 된다는 말까지 하는 게 아닌가.

남편의 근무지였던 대구에서 시댁까지는 자동차로 한 시간 정도 걸렸다. 그는 근무지에서 연로한 부모님만 계시는 고향 집에 자주 들르곤 했다. 처음에는 나에게 전화를 해서 부모님께 무엇을 사가야 될지 일일이 의논을 했다. 좀 지나자 어른들이 좋아하실 만한 물건을 알아서 챙겨 수시로 드나들게 되었다. 그러더니 마침내 시골집에서 서울로 전화를 하는 그의 목소리에는 객지 생활에서 오는 외로움 같은 것은 전혀 느껴지지 않았다. 오히려 즐겁게까지 들리는 것이었다.

칠 남매의 맏이인 그는 중학교를 마치자 부모님 곁을 떠났다. 그 뒤부터는 방학 때나 집에서 지냈다. 아버님은 맏아들인 남편에게는 늘 엄하게 대해 작은 잘못에도 체벌을 내리셨다. 어머님은 항상 동생들 차지여서, 그는 부모님의 잔정을 제대로 받아보지 못한 것 같았다. 결혼 후, 오랜만에 부모님을 뵈어도 별달리 반가워하는 내색을 비치지 않았다. 그런데 이번에 지방 근무를 하는 바람에 난생 처음으로 부모님과 오붓하게 지낼 수 있는 기회를 갖게 된 것이다.

남편은 그것이 그렇게 좋았던지 아이들에게 자기도 시골집에서는 어린애라고 자랑스럽게 말하곤 했다. 실제로 그가 그곳에서 거울을 들여다보면 얼굴이 평소보다 훨씬 젊어 보인다며 이상하게 여겼다.

어머님은 아들이 오면 밥이 있는데도 금세 다시 지어 정성껏 상을 차리셨다. 밥을 먹는 동안에는 상 앞에서 이것저것 반찬을 챙겨주신다. 저녁상을 물리고 부모님과 나란히 앉으면 남편은 자식 자랑에 팔불출이 된다. 이 세상에 누가 팔불출에게 맞장구를 쳐주겠는가? 그러나 두 분은 그의 말에 더 보태어 맞장구를 치신다.

아들이 졸기라도 하면 깰세라 조심해서 불을 끄고 방에서 나가신다. 창문을 열어 놓고 자면 새벽에 춥지 않을까 걱정을 하며 문을 살며시 닫으신다. 아들은 사십 대이고 부모님은 칠십 대인데, 내가 보기엔 누가 누구를 돌봐야 하는지 잘 모르시는 것 같다. 남편은 어린애처럼 두 분이 하시는 대로 아무렇지도 않게 받기만 했다.

이따금 남편은 일 때문에 고향 근처까지 가게 되면 낮에도 집에 잠깐 들른다. 두 분은 들에 나가시고 집에는 아무도 없다. 그는 엄마를 찾는 초등학생처럼 이리저리 찾아 나선다. 멀리서 어머님의 모습이 보이면 큰 소리로 불러댄다. 아들의 목소리를 듣는 순간 어머님의 표정이 환하게 밝아지는 것을 그는 놓치지 않고 보았다 한다. 남편은 일 년 남짓 부모님과 가까이서 생활하며 그분들이 즐거워하는 모습이 자주 어른거려 지방 근무를 더 연장하고 싶다는 생각을 했던 것이다.

어머님은 가장의 자리가 비어 있는 우리 집을 늘 염려했기에 아들이 서울로 가게 되자 무척 기뻐하셨다. 그러나 시간이 지날수록 자주 볼 수 없게 된 아들 생각에 마음이 쓸쓸해졌다. 주무시다가도 자동차 소리라도 들리면 아들이 아닌가 하여 뛰어나가 보기도 하고, 밭에서 일을 하다가도 어디서 아들이 부르는 듯하는 착각을 했다고 나중에 털어 놓으셨다. 남편은 남편대로 예전에 없던 버릇이 생겼다. 내가 밥상이라도 소홀히 보면 어머님의 정성어린 손길을 생각하며 비교를 했다.

요즘 남편은 퇴근하면 제일 먼저 전화기 옆으로 간다. 부모님께서 저녁은 잡수셨는지, 닭은 닭장에 다 가두었는지, 그런 하잘것없는 일을 알려고 한다. 그래서 그는 부모님이 몇 시에 무엇을 하시는지 거의 다 알고 있다. 집에 계시리라 생각하고 전화를 했다가 통화가 되지 않으면 몹시 궁금해하며 가실 만한 곳을 혼자 점쳐 보기도 한다.

지난 휴일에는 텔레비전을 보다 말고 옆에 있는 사람과 대화를 하듯 부모님과 전화로 두런두런 말을 주고받았다. 그런 그를 바라보며 효도란 그리 거창한 것도 힘든 것도 아니라는 생각이 들었다. 우리가 매일 세수하고 말하고 걸어 다니는 것은 아무렇지 않은 사소한 일이다. 부모님의 안부를 묻는 일도 그에게는 그런 사소한 일 중의 하나인 것처럼 보인다.

며칠 있으면 연휴가 다가온다. 남편은 한참 동안 어른들을 찾아뵙지 못한 것을 안타깝게 생각하더니, 그 기회가 생겨 무척 기쁜가 보다. 그런 모습을 바라보는 나와 아이들도 덩달아 기분이 좋다. 그가 부모님한테서 받은 사랑을 우리에게 나누어 주기 때문이다.

(1994)

팽이

시골에 사는 친척 할머니가 서울 아드님 집에 다니러 오셨다. 평소에 시부모님과 가까이 지내는 분이시라 나는 식사라도 대접해 드리고 싶은 마음에 우리 집으로 모셨다. 할머니는 초등학생인 손자와 동행을 하였는데, 그 아이는 첫 인상이 순박하게 보이고 수줍음을 몹시 탔다. 요즘 수줍음을 타는 아이는 보기가 쉽지 않아, 그 아이의 그런 모습이 무척 정겹게 여겨졌다.

나는 할머니와 이야기를 하면서도 그 아이에게 자주 눈길을 보냈다. 간간이 먹을 것도 집어주고 머리를 쓰다듬어 주기도 하면서 말을 건네 보았다. 그랬더니 어색해하던 그 아이의 표정이 차츰 부드럽게 변하더니, 나중에는 내가 보내는 시선에 미소로 답해주기까지 하였다.

저녁을 먹고 난 뒤에는 우리 아이들 하고도 쑥스러움이 없어졌는지 자연스럽게 이야기를 나누고 있었다. 이야기 도중에 그 아이는 시골에서 팽이를 깎아 왔다는 말을 아들아이에게 했다. 아마 팽이를 주고 싶었던 모양이었다. 내가 가만히 지켜보자니 아들은 그 아이의 심중도 헤아리지 못하고 그 말을 듣고도 그냥 지나쳐버리는 것이었다. 아들의 태도에 내 마음도 이렇게 서운한데 그 아이의 마음은 어떠했을까.

얼마 후 할머니의 아드님이 모시러 와서 그들은 우리 집을 떠나게 되었다. 손님을 배웅하고 집 안에 들어오니, 아들은 그 아이가 주고 갔다면서 팽이 하나를 들고 있었다. 그것은 참으로 오랜만에 보는 팽이가 아닌가. 서투른 솜씨로 다듬은 그 팽이를 보니, 그 아이의 순수한 동심이 그대로 묻어 있는 것만 같아 덩달아 내 마음이 즐거워졌다. 그 팽이를 보는 순간 예전에 남동생이 가지고 놀았던 팽이가 생각나서 반가움이 더욱 컸던 모양이다.

내가 초등학교에 다닐 무렵, 남동생은 아버지가 만들어주신 팽이를 늘 못마땅하게 여겼다. 제 또래 아이들이 가진 팽이는 매끈하게 잘 다듬어진 것이었지만, 내 동생의 팽이는 모양이 거칠고 못생겼기 때문이었다. 그럴 수밖에 없는 것이 아버지는 교육자이시라 시간만 나면 책을 들여다보시느라 나무를 만져볼 기회가 별로 없으셨던 것이다. 그러나 대부분 농사를 짓는 다른 아이들의 아버지는 나무를 무 다루듯 하며 다듬었으니, 아버지가 만든 것과는 눈에 띄게 차이가 날 수밖에 없었다. 그래도 동생은 처음에는 아버지가 만들어 주신 것이라 자랑스럽게 그것을 들고 밖으로 나갔다. 그러나 얼마 후에는 풀이 죽은 모습으로 돌아와 팽이를 내던지며 금방 울음이라도 터뜨릴 것 같은 표정이 되곤 하였다. 그때 내가 보기에도 아버지가 만든 팽이는 만들다만 팽이처럼 어설프게 보였다. 그러나 아버지는 일단 팽이가 돌아가기 시작하면 잘 만든 것이나 못 만든 것이나 차이가 없는 것이라면서 어린 동생을 달래곤 하셨다. 지금 그 아이가 주고 간 팽이는 예전에 아버지가 만드신 팽이와도 비슷해 새삼 옛일이 떠올랐다.

그 아이가 주고 간 팽이는 겉으로 보아서는 도저히 돌아가게 생기지가 않았다. 보통 팽이보다 길이는 훨씬 길고 모양도 울퉁불퉁한 것이 서투른 솜씨로 깎아 놓은 몽당연필과도 같았다. 그래도 맨 밑에는 팽이가 닳을 것을 염려하여 못을 박아 놓은 것이 여간 정성을 들인 게 아니었다. 원으로 된 윗면에는 크레용으로 그 아이가 좋아하는 색인 듯한 초록색과 남색, 노랑색을 세 줄로 둥글게 칠까지 해서 멋을 냈다.

나는 팽이를 거실 바닥에다 놓고 돌려보았다. 처음에는 팔의 힘이 약했던지 기우뚱거리며 쓰러져버렸다. 그 모양을 보고 있던 아이들은 쓰러지는 것이 당연하다는 눈치였다. 나는 다시 한 번 팔에 힘을 주어서 돌려보았다. 그랬더니 여느 팽이처럼 잘 돌아갔다. 돌아가는 그것은 이미 못생긴 팽이가 아니었다. 모난 부분도 둥글게 보였고, 크레용으로 거칠게 칠해져 있던 부분도 아름다운 선을 이루며 돌아갔다. 그렇게 돌아가는 팽이를 바라보고 있자니 예전에 아버지가 동생에게 하셨던 말의 뜻을 이제야 알 것 같았다. 동생은 그때 팽이가 돌아가지 않을 때의 잘 만든 것과 못 만든 것의 차이만을 본 것이다. 팽이는 돌리기 위해 만드는 것이기에, 그 차이라는 것은 그다지 중요한 게 못 된다는 것을 알기에는 동생은 너무 어렸지 않았을까.

사람들도 그런 것 같다. 잘생긴 사람이 있으면 못생긴 사람도 있고, 지위가 높은 사람이 있으면 낮은 사람도 있다. 눈에 보이는 모습이 어떤 모습이든지 각자가 맡은 일에 최선을 다하면 그것이 곧 아름다운 모습이지 않을까 싶다.

오늘도 그 아이가 남기고 간 팽이를 바라보면서 진정으로 아름다운 사람의 모습은 어떤 것일까를 생각해 본다.

(1991)

파리와의 전쟁

벤치에 앉아 쉬고 있었다. 아까부터 파리 한 마리가 내 주위를 맴돌더니 팔에 내려앉았다. 그 순간 잽싸게 손을 날려 파리를 잡아 땅바닥에 내팽개쳤다. 맨손으로 날려 파리를 잡는 내 모습을 보고 있던 친구가 기절할 듯이 놀라워했다.

도시에 살 때는 다른 해충과는 달리 파리에게는 관대했다. 어쩌다 집안에 파리가 날아들면 "아, 파리다!" 하며 반가워하기까지 했다. 그리고 얼마 만인가. 파리의 날개짓 소리, 그 소리를 듣고 있으면 이상하게 한낮의 무료함에 빠져든다. 갑자기 무기력해지며 현실이 권태로워진다. 꼼짝하기 싫고 심연의 나락으로 빠져드는 기분이 그렇지 않을까 싶다.

파리의 날개짓 소리는 묘한 향수를 불러일으키기도 했다. 어린 시절 한 여름날에 담벼락의 호박잎은 힘없이 축 늘어져 있고, 앞산의 나무들은 서 있기도 힘든 모습을 하고 있을 때, 가만히 있으면 파리가 날아다니는 소리가 들렸다. 그러면 나도 나무들처럼 힘없이 늘어지곤 했던 기억이 떠오른다.

3년 전 지금 살고 있는 시골로 이사를 오니, 파리 떼도 옆집에서 분가를 해 왔다. 남편은 파리채부터 사야겠다는 걸 나는 말렸다. 그냥 쫓아내고 살면 되지 굳이 죽이기까지 해야 될까 싶어서였다. 며칠이 지나자 쫓아내는 것으로는 도저히 당해 낼 수가 없었다. 부엌으로 거실로 안과 밖을 넘나다니지 않는 곳이 없어, 하루 종일 파리를 따라다니며 쫓아내는 일이 큰 일거리였다. 문단속을 철저히 해도 사람이 드나들 때 파리도 따라 들어오는 모양이었다. 집 주위에 먹이만 있으면 수없이 많이 모여 앉아 있는 모습은 불결하기 짝이 없었다. 아무래도 파리 때문에 시골 생활을 해낼 자신이 없을 것 같은 불길한 생각까지 들었다. 파리 떼를 보니 아버님 장례식 때가 생각나 더더욱 그랬다.

8년 전, 아버님은 마당에서 쓰러지시곤 영영 깨어나지 못하셨다. 시골집에서 장례를 치르는데 파리 떼가 몰려오는 게 눈에 보였다. 마을에 돼지를 키우는 축사가 있는데, 어머님 말씀이 돼지를 키우는 게 아니라 파리를 만드는 공장 같다고 하셨다. 우리 집에서 부침개질을 하는 기름 냄새와 음식 냄새에 온 마을의 파리가 몰려들었다. 상주들은 슬프고 허전한 마음으로 멀리서 문상 오시는 손님들 맞으랴, 파리 떼에 신경 쓰랴 정신이 없었다. 나중에는 모기장처럼 생긴 천을 사서 음식 주위에 쳐 놓기까지 했다. 집을 통째로 모기장을 치고 싶은 심정이었다. 그렇게 열흘만 계속되면 우리는 파리 때문에 쓰러지고 말 것 같았다.

파리는 지렁이처럼 토양을 살리는 데 일조를 하는 것도 아니고, 공해가 없는 곳에서 사는 반딧불이 같이 우리에게 기쁨을 주는 것도 아니지 않는가. 사람과는 영원한 적대 관계일 뿐이다. 그래서 요즘은 파리가 눈에 띄면 아무 양심의 가책도 없이 습관처럼 파리채를 찾는다. 이상하게 파리채만 들면 팔에 힘이 주어지면서 힘껏 내리치게 된다.

그런데 요즘은 파리들도 약아져서 우리가 하는 일을 꿰뚫어 보고 있는 것 같다. 내가 파리채를 들고 서성이면 가까이 앉았던 놈들은 어디로 숨어 버리는지 눈에 띄지 않는다. 민감하기가 초감각적이라 할 수 있다. 그래서 이제는 놈들이 눈치 채지 못하게 행동을 아주 조심하면서 파리를 잡는다.

그런 내 생각이 맞아 떨어졌다. 얼마 전에 일본의 과학자들이 밝혀낸 바에 의하면 파리의 유전자는 80프로가 인간과 유사하다지 않는가. 뇌의 구조와 기억의 메커니즘과 노화 현상도 닮아 있어, 노화에 따른 기억력 감퇴와 치매의 원인 규명을 파리로 연구하고 있다는 것이다.

그 소식을 들으니 아무 감각도 느낌도 감지할 수 없는 무생물이 아니니 내 꼴이 덜 처량해 보인다. 습관처럼 만나는 사람마다 파리를 몰살시키는 방법을 물어보곤 했다. 이사를 온 지 불과 몇 달 만에 파리를 죽이는 방법을 총동원해서 그놈들과 싸웠다. 어디 그 뿐인가, 맨손으로 파리 잡는 기술은 누가 따라 할 수도 없을 정도의 실력을 갖추게 되었다.

보면 쫓고 죽이는 원수 같은 사이지만 언제부터인지 파리를 봐도 더러운 느낌도 이질적인 느낌도 없다. 가냘픈 날갯짓 소리를 들어도 무기력해지는 일도 없어졌다. 시골 생활에 익숙해지듯이 파리와 함께 지내는 것도 신경이 쓰이지 않게 된 것이다.

따뜻한 전자 밥통 위에 파리가 앉아 있어도 아무렇지도 않고, 식탁 위로 날아다녀도 눈살을 찌푸리지 않게 되었다. 참으로 무서운 나의 적응력에 놀랄 따름이다. 그렇다고 파리와의 전쟁이 끝난 것은 아니다. 모든 공간을 공유하면서 장기전으로 돌입했을 뿐이다.

얼마 후 옆집에서는 닭장의 닭을 한 마리도 남기지 않고 다 없앴다. 집이 팔려 이사를 가게 되었기 때문이다. 닭장이 없어지니 파리도 자연히 없어지는 신기한 일이 일어났다. 이때까지 우리가 파리와 싸우며 스트레스를 받은 일이 우습게 여겨졌다. 왜 진작 옆집 닭장 관리를 잘하라고 하지 못했을까. 아무리 잡고 쫓아내도 소용없던 파리와의 전쟁이 그 진원지가 없어지니 끝이 나고 만 셈이다.

(2003)

바람둥이 하늘이

이웃 친구네 집에 '하늘이'라는 개가 한 마리 있다. 영국산 코카 스파니엘인 하늘이는 여섯 살의 잘생긴 수캐로 힘이 장사다. 친구네가 펜션을 운영하기에 늘 손님이 들락거린다. 가끔 손님들이 하늘이를 데리고 산책을 나간다. 그들은 하늘이에게 말도 걸며 기분 좋게 집을 나섰다가, 돌아올 때는 개가 이끄는 대로 끌려 다니다가 기진맥진한 상태가 되어서 온다. 그러고는 이렇게 힘이 센 개는 처음 본다며 혀를 내두른단다. 손님이 15킬로도 안 되는 개에게 끌려 다녔을 상황을 상상하자니 웃음이 절로 나왔다.

정말 하늘이는 힘이 세다. 먹성도 좋은 편이 아니고 살도 찌지 않았는데, 하늘이의 무서운 힘은 어디서 나오는 것인지. 의문은 그 개를 한 번 보고 나면 사라진다. 막대 모양과 주머니 모양의 한 쌍이 다른 개보다 엄청 나게 컸다. 덩치가 커다란 개도 그것만은 하늘이를 따라가지 못했다.

우리 마을의 개는 도시에서 사는 개보다 행복한 조건을 가지고 있다. 주위의 숲에서 불어오는 감칠맛 나게 신선한 바람을 코를 벌름거리며 마음껏 마실 수 있고, 잔디가 깔린 넓은 마당에 누워 있으면 다람쥐와 온갖 새가 찾아와 놀아 주곤 한다. 용변을 함부로 보아도 거름이 되니 누가 뭐라 하는 이 없고 이보다 좋은 환경이 있을까 싶다. 특별히 말썽만 피우지 않으면 풀어 놓고 키워도 되는 곳이다.

하늘이는 하루에 한두 번 용변을 볼 때, 묶어 놓은 끈을 풀어 놓는다. 그러면 어디로 쏜살같이 달아났다. 볼 일은 오며가며 보고 곧바로 아랫집의 암캐를 찾아간다. 아랫집에는 하늘이보다 덩치가 좀 작은 암캐가 마음대로 돌아다니고 있다. 하늘이가 그 개를 덮친 모습을 본 사람이 여럿인 모양이다. 드디어 주인이 친구네를 찾아와 한겨울에 해산하게 되었으니 어떡하면 좋을지 모르겠다며 싫은 내색을 하고 갔다.

산으로 올라가는 길목에 집이 한 채 있는데, 그 집은 우리 마을에서 유일하게 울타리를 높게 쳐 놓고 철 대문을 해 단 집이다. 그 집에는 개가 서너 마리가 있는 듯 보였다. 하늘이가 울타리에 매달려 그 집 개를 넘보는 일이 자주 있었다. 마당에 있는 개들이 하늘이를 보고 난리를 피우는 통에 시끄러워 죽겠다고 주인이 개 관리를 잘해 달라고 부탁해 왔다. 친구는 이웃에 개 사돈이 아닌 집이 없는 것 같다며 난색을 지었다.

요즈음은 예전처럼 애완용 개가 값이 나가지 않는다. 종자가 좋은 개끼리 교배를 시켜 순종의 새끼를 낳아야 남을 줘도 환영을 받는다. 하늘이는 종자를 따지지 않고 이 집 저 집 기웃거리니 사람들이 반길 리가 없다.

하늘이의 소문은 멀리까지 퍼진 모양이었다. LPG 가스 가게를 하는 집에 코카스파니엘이 한 마리가 있는데, 교배를 하기 위해 하늘이네 집에 데리고 왔다. 그날 하늘이는 주인의 허락하에 가스 집 개와 동침을 했다.

가스 집 개가 새끼를 네 마리를 낳았다. 새끼 한 마리를 하늘이네 집에 주고 싶어 했으나, 친구는 한 마리도 감당하기 어려울 지경이라 사양을 했다. 어느 날 가스를 배달시켰더니 값을 받지 않겠다며 그냥 가고 말았다. 친구는 하늘이가 돈까지 벌었다며 싱글벙글했다.

우리 마을에 코카스파니엘을 키우는 집이 또 한 집이 있다. 큰골에 사는 집인데, 이따금 주인이 산책 때 데리고 다니는 걸 보면 꼴이 말이 아니었다. 덩치도 작고 눈에는 눈곱이 가득하고, 걸어가면서도 사람들 눈치를 힐끔거리며 보는 게 영 상태가 좋지 않아 보였다. 그 개를 하늘이와 교배를 시키고 싶다며 데리고 왔다.

우리 눈에는 꼴같지 않아 새끼라도 생기면 어쩌나 싶은데, 주인이 보기에는 그렇지가 않은 것 같았다. 아니면 처녀 딱지라도 면해주고 싶었던지 모를 일이었다. 그런데 이게 어찌된 일인가. 하늘이가 그 개를 가까이 들이대도 쳐다보지도 않는 게 아닌가. 몇 번 시도를 해도 무시하는 품이 역력했다. 희한한 일도 다 있었다. 천하의 바람둥이 하늘이가 암캐를 외면하다니 알 수 없는 노릇이었다. 하늘이는 끝내 그 개를 덮치기는커녕 건드리지도 않았다. 개도, 아니 하늘이도 마음에 들지 않는 상대는 본체만체하는 걸.

이웃의 성화에 하늘이는 요즘 용변을 보러 갈 때도 주인이 끈을 꼭 붙잡고 갔다 오고, 하루 종일 묶여 있는 신세가 되었다. 바로 옆집에 풀어 놓고 키우는 진돗개가 있는데, 덩치가 하늘이보다 배나 컸다. 서로 외로운 처지라 묶여 있는 하늘이 옆에 와서 놀다 가곤 했다. 하늘이가 워낙 순해서 같은 수캐인데도 잘 지냈다. 하루는 하늘이도 옆집 개도 보이지 않았다. 옆집 개가 묶여만 있는 하늘이가 불쌍했던지 끈을 이빨로 물어뜯고는 둘이 멀리 도망을 갔다.

친구는 또 어느 집 개를 건드려 낭패 보는 일이 생길까 봐 걱정이 태산이었다. 그러나 하늘이를 잘 아는 옆집 개가 그동안 무언의 대화로, 수캐의 행동에 대해 많은 교육을 시켰을 것만 같은 생각이 든다. 그날 진돗개는 평소에 잘 다니던 조용한 청계산으로 하늘이를 데리고 가, 진정한 수캐란 어떤 모습인지 현장 실습이라도 보였을 것 같다. 암캐를 봐도 못 본 척하며, 하늘이는 수캐의 위용을 세우며 청계산을 마음껏 돌아다니다가 다 늦은 저녁이 되어서 돌아왔다.

(2007)

강 건넛마을

우리 집 거실에서 밖을 내다보면 아파트와 아파트 사이로 한강이 조금 보인다. 강변 도로에는 언제나 일정한 간격으로 자동차들이 달린다. 베란다에 나와 목을 길게 빼고 내다보면, 아파트 두어 동과 높지 않은 건물들이 주위의 단독 주택과 잘 어울리는 동네도 보인다. 그런 정물 같은 모습을 아무 생각 없이 바라보다가 뜬금없이 '저 강 건너 동네에도 사람들이 살고 있을까' 하는 엉뚱한 생각을 하곤 한다. 그런 생각이 드는 것은 어린 시절 고향집 마루에서 수없이 바라보았던 강 건너에 있었던 마을 때문인 것 같다.

태어나서 열 살까지 살았던 고향집 앞에는 낙동강이 흐르고 있었다. 뒤편에는 마을보다 높은 곳에 철로가 끝없이 이어졌다. 강은 늘 소리 없이 흘렀지만 기차는 하루에도 몇 차례씩 요란하게 기적을 울리며 조용한 마을을 휘돌아 지나갔다. 그렇게 지나가는 기차 소리에 마을 사람들은 하루를 시작하고 시간의 흐름을 짐작했다. 그

때 어쩌다 기차를 만나게 되면 너무 큰 모습과 요란한 소리가 무서워 두 손으로 귀를 막으며 눈을 감곤 했다.

마루에서 멀리 눈 아래로 내려다보이던 강은 바라보기만 해도 즐거웠다. 여름이면 아버지와 어항이나 낚시로 물고기를 잡으러 다녔다. 우리는 모래를 파내고 물이 고이면 아버지가 잡은 고기를 그곳에 넣었다. 햇빛에 반짝이는 얇은 은빛 비늘을 가진 물고기가 여간 귀엽지 않았다.

여름이면 낙동강은 마을 사람들의 일터도 되고 놀이터도 되었다. 그때 마을에선 삼베 짜는 일을 많이 했는데, 대마를 삶아 쪄내고 씻는 작업을 강에서 했다. 우리 또래 아이들은 어른들이 일하는 동안 강에서 물장구도 치고 고기도 잡으며 해지는 줄 모르고 놀았다.

강 건너 산 밑에는 초가집이 옹기종기 자리 잡고 있었는데, 그 마을은 강을 사이에 두고 우리 마을과 마주 보고 있었다. 밤에 건넛마을 집에서 불빛이 반짝이면 하늘에 떠 있는 별보다도 더 신비하고 멀게만 느껴졌다. 그 시절 내가 그 마을을 남몰래 좋아한 것은 어린 마음에도 다른 세상에 대한 동경을 품고 있었기 때문인 것 같다. 어머니가 옛날이야기라도 들려주면 나는 얼른 그 이야기 속의 무대로 강 건넛마을을 떠올렸고, 동무가 외가에 다녀온 이야기를 해도 그 곳이 강 건넛마을일 것이라는 생각을 하였다.

어느 해 여름, 심한 가뭄으로 강물이 실개천처럼 가늘어져 바닥이 드러난 적이 있었다. 그러자 나는 강을 건너 그 마을에 가 보고 싶은 마음이 들었다. 그때 동무들도 나와 같은 생각을 했던지 우리는 어느 날 강으로 나갔다. 그러나 강을 가로질러 한나절을 걸어갔는데도 둑은 보이지 않고, 강 건넛마을은 점점 더 멀어져가는 느낌이었다. 나중에는 너무도 지쳐 더 이상 걸어갈 수조차 없게 되었다. 우리는 그날 가려고 했던 곳의 반도 못 가고 돌아오고 말았다.

강을 건너려고 했던 일이 부모들께 알려지자, 나와 동무들은 심한 꾸중을 들었다. 그 후 마을 어른들은 우리 또래를 만나면, 강 건넛마을에는 아이들을 잡아가는 귀신보다 무서운 사람들이 산다고 했다. 나는 거짓말이라고 소리쳤지만, 마음속으로는 정말일지도 모른다는 생각이 들었다. 시간이 흐르자 동무들도 그 마을에서 일어난다는 무시무시한 소문들을 믿는 것 같았다. 우리는 그곳에 갈 생각을 다시는 하지 않았고 그 마을이 차츰 무서워지기 시작했다. 나는 그 마을에 대한 막연한 두려움을 떨치지 못한 채 고향을 떠나게 되었다.

며칠 전에 문우들과 함께 애기봉을 다녀왔다. 병자호란 때 평양감사와 헤어진 애첩이 북쪽에 있는 님을 애타게 기다린 곳이었다. 죽어서도 북쪽을 가까이에서 바라볼 수 있는 곳에 그의 무덤이 전설처럼 남아 있었다.

그 여인의 아픔을 느끼기 전에 임진강을 사이에 둔 또 다른 강 건넛마을을 보았다. 먼 곳에서 보아도 그 곳은 사람들이 오순도순 정을 나누며 살아가는 그런 마을 같아 보이지 않았다. 마을 사람들의 동정을 살피기 위해 주위에 있는 산의 나무를 잘라내어 살벌해 보이기까지 했다. 그래서 그 전에 강 건넛마을을 바라보면서 느꼈던 다른 세상에 대한 동경도, 엉뚱한 상상도 할 수 없었다. 왕왕거리는 대남 방송만이 현실을 확인이라도 시키려는 듯이 들려왔다.

고향에는 이제 어린아이들이 강 건넛마을을 보고 어떤 상상도 하지 않게 되었다. 두 마을을 잇는 다리가 놓여지자 서로 이웃이 되었다는 소식이다. 임진강 건넛마을도 언젠가는 사람들의 온기가 돌고, 누구라도 자유롭게 오갈 수 있는 우리의 이웃이 될 날이 오지 않겠는가.

(1994)

돌에 얽힌 이야기

한가한 시간이면 가끔 거실에 놓여 있는 돌을 닦는다. 돌을 대하고 있으면 돌과 내가 처음 만났던 곳이 연상되고 그때의 감동이 새삼스러워진다.

내가 이름 지어준 '외로운 바위섬'은 고향이 제주도다. 여러 해 전에 한라산 중턱에서 알맞은 크기의 돌을 가지고 왔다. 돌은 처음 대할 때 바로 무슨 형상이 잡히는 것도 있지만, 이 돌은 이리저리 살펴보아도 좋은 모양이 나오지 않았다. 그래서 베란다에 버려두었다.

지난봄에 화초에 물을 주다가 우연히 그 돌에 숨어 있는 모습을 찾을 수 있었다. 양옆이 알맞게 퍼져서 위로 솟은 모양이 좋고 폭이 넓은 터널이 뚫려 있다. 색깔도 보기 좋게 검은 데다 약간 비껴서 보면 굴 밑에 석순이 자라 있는 듯한 모양도 보인다.

수반에 올려놓고 물을 부었다. 바다에 가는 번거로움 없이 항상 바위섬을 볼 수 있으니, 매일같이 반복되는 변화 없는 생활에 큰 즐거움을 가져다준다. 그 당장에는 돌에 담긴 뜻을 알아보지 못하다가 뒤늦게 찾게 된 기쁨은 더 크고 오래가는 것 같다.

신라 시대의 충신인 박제상의 부인이 남편이 돌아오기를 기원하다가 끝내 바위가 되어 버렸다는 전설 같은 이야기를 생각나게 해주는 돌이 있다. 기도하는 듯한 여인의 모습이 새겨진 무늬석이다. 여자의 다소곳함이 돋보인다고 수석에 조예가 깊은 분이 나에게 주신 것이다.

남한강이 수몰되기 전에 탐석할 때 일이다. 강가의 수많은 돌 중에서 좋은 돌을 만나는 일은 쉬운 일이 아니다. 내 앞에서 어떤 남자분이 자그마한 까만 돌을 이리저리 돌려보더니 마음에 차지 않는지 그냥 버리는 것이었다. 짙은 흑색에 반질거리는 돌이 좋아 보여, 나는 얼른 그 돌을 집어 들었다. 자세히 살펴보니 사람의 두상을 닮아 있었다. 물형석은 딱 떨어지게 닮은 것보다 좀 부족한 듯한 것이 점수를 더 얻는다. 이 돌은 두상이 조각 작품같이 완벽하게 닮은 게 흠이라면 흠이었다.

나는 흥분해서 큰 소리를 쳤다. 그 돌을 버린 사람이 내 설명을 듣고는 다른 돌과 바꾸기를 원했다. 그 사람은 그 돌의 진가를 알아내지 못하고 버린 것을 애석해했다. 그 사람뿐 아니라 돌의 가치를 알아내는 일은 무척 힘이 든다. 수많은 돌 중에서 작품이 될 만한 것을 고르는 안목이, 돌에 관심을 가진 많은 시간과 노력의 대가로 얻어지는 것 같다.

사람을 대할 때나 돌을 대할 때나 가벼운 마음으로 대하면 후회하게 되는 것이 어찌 그 사람만의 일이랴. 한 점 한 점이 수천 년의 세월을 흘러오다가 나와 이렇게 만났다는 것이 사람의 인연만큼 소중한 것이다.

저마다 목소리를 높이는 요즘 같은 때에 말 없이도 뜻을 담고 있는 돌이 좋다. 변함없고 참되고 단단함을 나는 돌에게서 배운다.

(1989)

서원(書院)에서 만난 사람

9월인데도 낮에는 더위가 한여름 못지 않았다. 그래도 아침 저녁으론 제법 가을의 기운이 돌 때, 안동에 있는 도산서원에 갔다. 그곳은 퇴계 이황이 생전에 글을 읽고 가르쳤던 곳으로, 나중에 제자들이 선생을 추모하기 위해 세운 서원이다. 근처의 다른 곳에 비해 규모가 크고 분위기가 엄숙했다.

친구 다섯 명과 함께 서원을 돌아보다가, 퇴계 선생이 거처하셨다는 집의 마루에 걸터앉았다. 초가삼간도 세 칸은 되는데, 이 곳은 비좁은 방 한 칸에 그보다 조금 넓은 마루와 두 칸이 전부다. 마루 옆에는 도랑이 있고, 그 건너에 두세 평 될까말까한 정원이 있었다. 그곳에 선생은 대나무와 국화와 소나무를 심어 놓고 시간이 날 때마다 거닐었다 한다. 이렇게 작은 집과 정원을, 정성을 다해 사랑한 선생의 마음엔 대체 무엇으로 꽉 차 있었을까. 또 그런 선생의 마음은 얼마나 행복했을까. 요즘 시대를 돌아보며 잠시 퇴계 선생의 마음을 생각해 보았다.

우리는 이왕이면 선생의 좋은 정기를 받아, 아이들에게 나누어 주자며 그 집 마루에 올라가 정좌를 하고 앉았다. 거기에서 이런저런 얘기를 하다보니, 조금 전의 숙연했던 분위기는 잊어버리고 큰 소리로 떠들며 웃게 되었다. 한번 나온 웃음은 쉽게 그치지가 않았다. 그러고 좀 지나자, 40대 초반쯤 되어 보이는 남자가 인기척도 없이 사립문으로 들어왔다. 그 사람은 나무 그늘에 앉아 책을 읽고 있자니, 생전에 선생이 무척 아끼셨던 곳에서 요란한 웃음소리가 들려 혼을 내주려고 왔다는 것이다. 그러나 정작 그는 화가 난 표정도 근엄한 표정도 아니었다. 오히려 부드러운 웃음을 머금고 그런 말을 했다. 우리는 그의 그런 표정에 놀라 마루에서 벌떡 일어나며 어쩔 줄을 몰라 했다. 나는 마당 한 편에 서 있는 회양목을 가리키며 수령이 얼마나 되었는지 물어 보며 어색한 분위기를 무마하려 했다.

그런 일이 계기가 되어 그 사람은 우리가 알지 못했던 퇴계 선생의 일화와 가정 이야기를 들려주었다. 퇴계 이황의 정신과 학식은 참으로 높고 넓어 감히 언급할 수가 없다. 그러나 두 번째 부인의 이야기를 듣고는 깊은 감동을 받았다. 퇴계는 상처를 하자 정신이 온전하지 못한 스승의 질녀를 부인으로 맞아들었다. 스승이 세상을 뜨자, 스승과 함께 산 질녀를 거둔 것은 그에 대한 신의를 저버리지 않기 위함이리라.

퇴계 선생의 유품을 전시한 자료실에서 그 사람의 설명을 들으며 구경을 했다. 그리고 밖으로 나오려 하자, 그는 우리들을 다른 곳으로 안내했다. 그곳에는 선생이 늙고 병든 몸으로 만들었다는 「성학십도」가 있었다. 군왕이 가져야 할 마음가짐을 한눈에 들어오도록 글로 쓰고 그림으로 그린 것이 「성학십도」다. 어린 선조는 그것으로 병풍을 만들어 대전 안에 쳐 놓고 가까이 대했다 한다.

그 사람은 모조품인 「성학십도」의 병풍 앞에 우리들을 불러 모았다. 그러고는 지금은 왕이 아닌 보통 사람들에게 맞게 한 폭 한 폭 설명을 해 나갔다.

제 1도에서 5도까지는 천도를 기본으로 두었다. 제6도에서 10도까지는 심성에 근원을 둔 것으로, 그것을 일상생활에 적용해 마음을 다스리고 높이는 데 있다 했다. 그러면서 그는 조금 전의 우리를 대하고는 충분히 알고 있으면서 행동에 옮기지 못하는 것이 안타까운 듯, 그런 내용이 담긴 부분에 더욱 힘을 주어 설명을 했다. 늙어 죽을 때까지 그 날의 잘못된 일을 반성하며, 매사에 공경하는 마음과 두려워하는 마음을 가져야 한다며 선생의 가르침을 빌려 우리들을 심하게 꾸짖었다.

퇴계 선생은 아랫사람에게 잘못이 있을 때는, 순리대로 타일러야 의리가 상하지 않는 법이라고 가르친다. 무조건 꾸짖기만 하면 서로간의 의리가 깨지게 되며, 상대가 누구이든지 항상 성의를 가지고 대해야 신의가 두터워지고 친밀감이 깊어진다고 하셨다.

서원에서 만난 그 사람도 우리들에게 화부터 내었다면 우리는 그를 어떻게 대했을까. 그는 퇴계의 학문을 공부하면서, 그것을 실행

하려 노력하다 보니 선생을 닮아 가는 것은 아닐까. 그와 우리가 함께 지낸 시간은 얼마 되지는 않지만, 내내 온화한 표정과 여유 있는 모습으로 우리들을 압도했다. 그래서인지 그의 행동은 어른으로 보였고, 그보다 나이가 훨씬 많은 우리들은 어린애처럼 여겨져 초라함을 느꼈다.

(2000)

시계 소리

시계 소리가 난다. 차르차르차르거리며 돌아가는 소리가 들린다. 일년여가 넘게 한 치의 오차도 없이 시계는 그런 소리를 냈지만, 이제야 그 소리가 들리는 것일까.

남편은 보통 때는 잘 모르겠는데, 잠잘 때는 유난히 예민하다. 째각거리는 시계 소리에는 더욱 민감해, 아예 시계를 가까이 두지 않는다. 우리 집이 아닌 곳에서 잠을 잘 때도, 방에 시계가 있으면 먼저 그것부터 잠재울 정도다.

오래전에 우연히 시계점에 들렀다가, 모양이 맘에 들어 작은 괘종시계를 샀다. 그 시절에는 집집이 커다란 괘종시계나 뻐꾸기시계 하나쯤은 거실에 걸어 놓고 지냈다. 그런 것이 아무리 좋아 보여도 우리 집에서는 생각지도 못할 일이었다. 그런데 앙증스럽고 예쁜 그 시계를 보고는 충동 구매를 하고 말았다. 거실에 걸어 놓고 보니 보기에는 좋았지만 똑딱거리는 소리에 여간 신경이 쓰이는 것이 아니었다. 그날 밤 예상했던 대로 남편은 괘종시계 소리에 잠을 이루지 못했다. 어쩔 수 없이 그 시계는 첫 날부터 제 기능을 다할 수 없었다.

다음날, 시계를 들고 안방에서 거리가 먼 곳을 찾다가 딸아이 방에 걸어 두었다. 시계가 어디 있는지 확인한 남편은, 아무 소리 없이 잠자리에 들었다. 그런데 딸아이는 방문을 열어 놓고 지낼 때라, 사방이 조용한 깊은 밤이 되니 안방까지 시계 소리가 들리지 않는가. 더구나 30분과 매 시를 알리는 종소리는 무심코 있다가 화들짝 놀랄 정도로 높았다. 소리를 좀 낮추어 보려고 이리저리 들여다보아도, 조그마한 것이 어디서 그런 고음이 나오는지 몰랐다. 이제 그 시계는 안타깝게도 우리 집 어디에도 있을 곳이 없었다. 그래서 밤이면 우리 식구와 함께 자고, 낮이면 깨는 생활을 얼마 동안 하다가 지금까지 계속 잠만 자고 있다.

지난해에 이사를 하고 얼마 지나자, 남편은 커다랗고 둥글게 생긴 시계를 하나 가져왔다. 그 시계는 소리가 나지 않는다며 큰 보물이라도 얻은 듯 기뻐했다. 모양은 볼품이 없었지만, 어렵게 구한 것이라 안방 벽에 걸어 놓았다.

언제부터인가 잠자리에 들면 아주 작은 소리가 귀에 잡혔다. 그 소리는 무슨 기계가 연속적으로 빠르게 돌아가면서 나는 소리처럼 들렸다. 집 밖에서 나는 소리일까. 부엌에 있는 냉장고의 모터가 돌아가는 소리일까. 어쩌다 벽에 걸린 시계에 눈이 가도, 그것이 내는 소리처럼 들리지는 않았다. 그래서 그 알 수 없는 소리를 찾다가 잠든 일이 한두 번이 아니었다.

안방에 시계가 걸린 지, 일 년여가 지난 어느 날이었다. 그 날도 잠자리에 들어 귀를 기울여야 들을 수 있는 작은 소리를 찾았다. 그런데 참으로 이상하게 들리지 않았다. 이제 그 소리가 들리지 않으니 도리어 잠이 잘 올 것 같지 않고 불안했다. 남편은 오히려 그 시계가 벽에 걸리고부터, 소리에는 신경을 쓰지 않고 잘 지냈다.

이튿날 아침에 눈이 떠지자 습관처럼 시계로 눈길이 갔다. 그런데 건전지가 다 닳았는지 멈추어져 있었다. 건전지를 바로 사 온다는 것이 며칠이 지나도록 사 오지 못했다.

시계가 멈추고부터 잠자리에 들면 그 알 수 없는 소리가 들리지 않았다. 그렇다면 그 소리가 시계 소리가 아니었을까. 나는 큰 발견이라도 한 것처럼 벌떡 일어나, 당장 집에 있는 다른 것의 건전지를 빼내어 시계에 넣어 보았다. 그랬더니 차르차르거리는 귀에 익은 소리가 들렸다. 아, 그 소리가 시계 소리였구나! 나도 모르게 탄성이 나왔다. 그 뒤부터는 안방에 누우면 자그마한 소리가 분명하게 시계에서 났다.

집 안에 있는 여러 개의 시계 소리를 들어보았다. 손목시계처럼 작은 것은 귀에 갖다 대야 들을 수 있는 작은 소리가 났고, 큰 것의 소리는 멀리서도 크게 들렸다. 그렇게 크기에 따라 소리도 차이가 났다. 그런데 괘종시계는 크기보다 소리가 몹시 요란했고, 안방에 있는 시계는 크기에 비해 소리는 여간 작지 않았다.

그동안 큰 것은 큰 소리가 나고, 소리가 작으면 작은 것인 줄 알았다. 그런데 큰 것이 조그마한 소리를 내며 돌아가니 그 소리를 쉽게 알아차릴 수가 없었으리라. 커다란 것이 돌아가는 데는 반드시 큰 소리가 필요치 않았던 것이다. 사람들 사는 세상도 그렇다. 큰 소리를 낸다고 해서 큰 사람이 아니고, 작은 소리로 이야기를 해도 사람의 마음을 움직이는 큰 사람들이 있는 것이다. 우리 집에서는 겉모양보다, 소리가 작은 시계를 가까이 두고 아끼고 있다.

남편은 아직도 벽에 걸린 시계 소리를 듣지 못하고 있다. 그러나 그도 언젠가는 소리를 듣게 될 것이다. 그 때는 그 작은 소리를 들으면서, 지금처럼 잠을 잘 잘 수 있을 것 같은 생각이 든다.

(1999)

폭포 앞에서

나이아가라 폭포를 보았다. 역동하는 폭포수를 바라보는 것만으로도 가슴이 벅차오르고 감격스러웠다.

미국과 캐나다를 넘나들면서 나이아가라의 장대한 모습을 볼 수 있었다. 배를 타고 폭포 가까이 다가가니 눈을 뜰 수가 없을 정도로 물보라가 치솟았다. 겨우 눈을 뜨고 위를 쳐다보니 물이 하늘과 맞닿아 떨어지는 듯했다. 하늘에서 거대한 힘으로 물을 쏟아 붓는다는 표현이 맞을 것 같았다. 굉음으로 고막이 멍멍할 정도였지만, 신이 만들어낸 자연의 황홀한 소리로 들으며 폭포를 경외심으로 한참 동안 쳐다보았다.

자연의 힘이 얼마나 대단한지 폭포를 바라보는 사람들의 모습이 너무나 미약해 보였다. 그 순간 같은 배를 타고 있는 사람들을 쳐다보자니 알 수 없는 마음이 되어 내 눈에서 흐르는 게 눈물인지 물인지 알 수 없었다.

폭포 소리를 밤새 들으며 폭포 가까이에 있는 호텔에서 잠을 잤다. 그곳에서는 작은 소리는 들리지 않을 정도로 폭포의 웅장한 소리가 그 주위를 휘어잡고 있었다. 그래서 연인들이 나누는 소곤대는 정담도, 음모를 꿈꾸며 수군대는 모함도 통하지 않는 세상 같았다. 여행객들은 폭포 소리만큼 들떠서 그 소리보다 더 크게 말을 하고, 더 크게 소리 내어 웃고 떠들 수밖에 없었다. 그것 또한 새로운 경험이라 모두들 즐겁게 맞이하고 있었다.

이튿날 아침, 나이아가라 폭포를 따라 산책을 했다. 폭포에서 떨어지는 물이 드넓은 강폭을 따라 힘차게 내려가고 있었다. 그 모습은 소용돌이에서 벗어나 질서를 찾는 것같이 보였다. 어제 버스를 타고 바라본 상류의 모습은 호수의 폭이 워낙 넓어, 물의 흐름이 짐작되지 않을 정도로 조용하게 흘렀다.

폭포가 되려면 경사를 만나야 된다. 경사를 만나기 전까지는 물의 흐름은 약간 바빠질 정도밖에 되지 않았다. 그러다가 갑자기 급경사를 만나면서 걷잡을 수 없는 상황이 되어 버렸다. 물은 낭떠러지로 떨어지면서 폭음과 함께 소용돌이에 휘말리는 것이었다.

나는 그 폭포수 앞에서 두 주인공이 사랑의 소용돌이에 휩싸이게 되는 로버트 월러의 「메디슨 카운티의 다리」를 생각했다. 중년의 프란체스카는 무료한 일상을 보내는 평범한 주부다. 남편과 아이들이 며칠간 집을 비운 사이에 우연히 로버트를 만난다. 사진작가인 로버트는 프란체스카를 만나면서 일생에 한 번밖에 찾아오지 않을 사랑을 나눌 상대임을 예감한다.

사흘 동안 열정적인 사랑을 나누게 되는 애절한 중년 남녀의 사랑. '한 평생 단 한 번 찾아온 사랑'이었다는 말을 남기고 떠난 남자를 다시 찾지 않고 평생 가슴에 담고 살아가는 프란체스카.

나이아가라 폭포의 물은 조용하게 흐르다가 경사를 만나면서 격렬하게 떨어지는 폭포수가 된다. 그러다가 다시 언제 그런 소용돌이가 있었나 싶을 정도로 잔잔하게 흘러간다. 프란체스카는 폭포의 물처럼 소용돌이에서 벗어나 평정을 찾기까지는 마음이 편하지는 않았으리라. 그는 사랑하는 로버트를 따라가지 않고 가정을 지키며 권태로울 정도로 조용하게 일생을 마친다.

나이아가라 폭포 앞에서 숨을 몰아쉬고 크게 소리를 질러 보았다. 아무 소리도 들리지 않았다. 내가 내지른 소리는 어디로 간 것일까. 폭포는 모든 것을 무너뜨리는 것같이 보이지만, 내 작은 소리마저 포용했다. 프란체스카는 로버트와의 사랑 때문에 가정을 무너뜨리지 않았다. 그 사랑은 프란체스카에게 모든 것을 포용하도록 만든 것이다. 그래서 더욱 아름답고 애절한 사랑이 될 수 있었던 것이리라.

로버트와 프란체스카의 사랑이 한평생 단 한 번 찾아오는 사랑이었다면 흐르는 물도 단 한 번 나이아가라 폭포수가 될 수 있는 것이다. 나이아가라 폭포 앞에서 인생에서 단 한 번 경험할 수 있는 것들을 생각해 보았다. 물보라가 비가 되어 내리는 길을 따라 걸으며 얼굴에 흐르는 물을 씻어 내리며….

(2004)

때죽나무가 주는 의미

드디어 때죽나무에 꽃이 피었다. 올봄에도 어김없이 때죽나무의 변화를 살펴보았더니, 세 송이의 꽃이 나뭇잎 아래에 달려 있는 게 아닌가. 꽃을 보는 순간 가슴이 벅차오르며 우리 집 때죽나무에 꽃이 피었다고 큰 소리를 치고 싶었다.

때죽나무를 처음 본 게 20여 년 전쯤인 것 같다. 친구들과 서울대공원에 봄나들이를 갔다가 산 중턱에 자리를 펴고 앉자니 어디서 레몬 향기가 났다. 위를 쳐다보니 하얀 꽃송이가 나무에 조롱조롱 매달려 우리를 내려다보고 있지 않는가.

대부분의 꽃들은 위를 보고 피는데, 때죽나무의 꽃은 나뭇잎 아래에 달려서 밑을 내려다보고 있었다. 하얀 꽃잎들이 노란 꽃술을 감싼 듯한 모습이 무척 수줍어 보였다. 크지 않는 꽃이 수없이 많이 피었다. 우리는 처음 보는 신기한 꽃나무여서 이름이 궁금했는데 나무에 '때죽나무'라는 이름표가 달려 있었다. 나는 나무 이름을 잊어버리지 않기 위해 몇 번이나 중얼거렸다.

지금 살고 있는 집을 짓기 전에는 너른 밭이었다. 그곳에 묘목을 심기로 했을 때, 제일 먼저 떠오른 나무가 때죽나무였다. 산수유와 산사나무, 때죽나무를 심었다. 나무를 심어 놓고 관리를 제대로 못해 묘목들이 잘 자라지 못했다. 해마다 죽는 나무가 많이 생겼다. 살아 있는 나무도 잡초 속에서 분간이 가지 않았다.

몇 년 뒤, 집을 짓기 위해 나무를 옮겨 심으려고 보니 산사나무는 여러 그루 살았고 키도 컸다. 그러나 산수유와 때죽나무는 살아 있는 나무가 몇 그루 되지 않았고 키도 자라지 못해 아주 작았다. 몇 년 동안 이리저리 옮겨 심다보니 때죽나무는 달랑 한 그루가 살아남았다. 산사나무와 산수유는 여러 해 전부터 꽃도 피고 열매도 많이 달렸다. 때죽나무는 10여 년이 훨씬 지난 올해 처음으로 꽃을 피운 것이다.

지난 가을, 손자의 돌이라 미국 아들네 집에 갔다. 아들네 집 냉장고에 손자만한 아기의 사진이 붙어 있었다. 아들은 그 사진을 들여다보며 손자에게 "친구, 친구" 하며 가리켰다. 내가 보기에 아시아계 아기 같지는 않았고 꾀죄죄하니 모습이 썩 좋아 보이지 않았다. 어떤 친구냐고 했더니 남미에 사는 집안 형편이 아주 어려운 아기인데, 손자와 생년월일이 같다고 했다. 그애가 태어나고부터 우유 값으로 매달 몇 십 불씩 보내주고 있는데, 서로 사진도 주고받고 친구 관계로 지내고 있는 모양이었다. 자기들의 생활도 넉넉지 못한 외국 생활에 그런 일까지 하고 있는 아들 내외의 따뜻한 마음이 고마웠다.

때죽나무는 수없이 많은 나무 중의 하나다. 나무가 잘생겨 이름값을 하는 품종도 아니고, 꽃도 나에게나 예쁘게 보이지 사람들이 모두 좋아할 만큼 별나게 아름다운 것도 아니다. 그런데도 나와 특별한 관계를 가지게 되니 처음 피운 꽃 세 송이에도 마음이 벅차 감동으로 출렁이고 행복하지 않는가.

아들 내외와 인연을 맺은 그 아기도 잘생기지도 잘난 집안의 자식도 아니다. 그렇지만 아들네에게는 특별한 아이여서 엄마의 사랑은 잘 받고 크는지, 없는 살림에 배는 곯지 않는지 모든 게 여간 궁금하지 않다고 했다.

풀 한 포기라도 나와 관계를 맺고 정성을 기울여 보살피다 보면 그것이 늘 궁금하다. 거기에 꽃이 피면 세상을 다 얻은 기분이 들고, 잎이라도 시들면 안타까운 심정이 된다. 나무 한 그루를 오랫동안 정성껏 키우다 보면 그 나무를 보면서 희로애락을 느낀다. 사계절을 접하고 세상의 이치를 배우게 된다. 사람이나 자연이나 내가 관심을 갖고 있는 것에서만이 귀한 감정을 얻을 수 있다. 관심에 대한 대가라면 너무 계산적으로 들릴지 모르지만 그것은 우리에게 무형의 재산이기도 하다. 삶의 직조가 풍요롭다는 것은 물질만으로 느낄 수 있는 게 아니기 때문이다.

사람이 살아간다는 것은 어디에다 관계를 맺고 그 인연을 소중히 생각하고 가꾸어 나가는 것이라 생각한다. 내가 한낱 때죽나무에 관심을 가질 때, 아들네는 사람에게 사랑과 관심을 쏟고 있었다. 나무와의 관계를 감히 사람과의 관계에 비교할 수는 없겠지만.

아들네가 제 아이를 사랑하듯 순수하게 나누는 값진 관계가 아름답다. 그 순수한 마음을 손자까지 느낄 수 있게 언제까지나 가꾸어 나가길 염원해 본다.

(2008)

무애(無礙)

우리 집에는 그림과 글씨를 표구하지 않은 채 보관하고 있는 작품이 몇 점 있다. 한가한 시간이면 그것들을 펴놓고 들여다보는 재미가 크다. 언젠가 그림과 글씨를 꺼내 놓고 보고 있는데, 큰아이가 다가와 그림에 대해 이것저것 물어 봤다. 그 중 그 애가 대학에 입학한 기념으로 서예가인 집안 어른이 써준 '무애(無礙)'라는 글씨에 눈길이 머물렀다.

보통 한자로 된 서예 작품은 정확한 뜻을 알기가 쉽지 않는데, 그분은 그것을 염려해서인지 글의 뜻을 한글로 상세히 풀이한 쪽지를 첨부해 주었다. 거기에는 "거리낌이 없어야 한다는 뜻으로 겉으로 기쁘고 즐거워도 마음속에 거리낌이 있으면 그것은 참 기쁨이 아니다." 라고 씌어 있었다. 아들은 그 글자가 가진 뜻을 음미하며 흐뭇한 표정을 지었다. 그렇지만 나는 그 글을 볼 때마다 그냥 넘기지 못하고 오래도록 가슴속에 남는 것이 있는데, 생각하면 할수록 뜻이 깊고 어려운 글자라서 거기에 대한 답을 찾지 못해 마음은 헝클어진 실타래처럼 복잡한 지경에까지 이른다.

얼마 전에 그 글씨를 다시 꺼내 놓고 보고 있자니 불현듯 어떤 사람이 떠올랐다. 몇 해 전에 한국일보에서 문학 강의를 듣던 때였다. 앞을 보지 못하는 젊은 여자가 어떤 사람의 부축을 받으며 우리 반에 들어왔다. 보기에는 새댁처럼 보이는데 초등학교에 다니는 남매를 둔 어머니로 앞이 거의 보이지 않는다고 자기 소개를 했다. 한두 달을 지켜보아도 언제나 단아한 모습 그대로였다. 집에서 살림을 도와주는 사람인 듯한 여자가 따라와 밖에서 기다렸다가 강의가 끝나면 함께 가곤 했다. 그래서 다른 회원들과 대화도 거의 없어 그에 대한 궁금증이 더했다.

그러던 어느 날 그 여자가 나에게 전화를 했다. 그는 할 말이 있다며 조심스럽게 먼저 남편에 관한 이야기를 꺼냈다. 그의 남편은 월남전에 참전했다가 두 다리를 잃었다. 그래서 지금은 휠체어를 타고 다니며 가내공업을 하고 있는데, 다행히 하는 일이 잘 되는 편이라 생활하는 데는 어려움이 없다고 했다. 아이들은 착하고 공부도 잘 하지만 무엇보다 부모를 부끄러워하지 않는다고 했다. 애들에게 감사하는 마음이 그의 목소리에 담겨 있었다. 그런 속에서도 문학 공부가 하고 싶어 문화센터를 찾게 되었다며, 자기를 여느 사람처럼 평범하게 봐 주기를 바랐다. 그리고 자기 가족은 행복하게 살고 있다고 덧붙였다. 그때 내가 반장 일을 맡아보고 있어 나에게 전화를 했던 것이라 생각된다.

전화를 끊고 나서 나는 적지 않은 충격을 받았으며, 이것저것 궁금증이 두서없이 일어났다. 앞이 보이는 사람들은 남에게 결점 하나라도 덜 보이기 위해 얼마나 애를 쓰는가. 나는 보이지 않는 마음은 내버려두고 눈에 보이는 것만 아름답게 꾸미려 애쓰지 않는가. 남편의 크나큰 결점을 떳떳이 이야기할 수 있는 그녀의 용기는 어디서 오는 것일까. 두 다리가 없는 아버지와 앞을 보지 못하는 어머니와 건강하고 정상적인 남매가 여느 가정보다 행복한 비결은 무엇일까.

그 여자의 생김새를 다시 한 번 곰곰이 생각해 보았다. 그리 편안한 인상은 아니었고 오히려 신경이 예민한 사람처럼 보였다. 그러나 언제나 담담한 표정을 짓고 있었다.

보통 사람은 눈에 보이는 것에 따라 표정도 변한다. 그래서 찡그렸다가도 금방 웃을 수 있고 화를 낼 수도 있다. 또 일부러 남에게 예쁘게 보이기 위한 표정도 지을 수 있다. 마음에 따라 표정 또한 변한다. 흉악한 마음을 먹은 사람의 표정은 험악하게 변하고, 성직자의 얼굴은 늘 맑고 담담한 것을 볼 수 있다. 그 여자의 담담한 표정을 이제야 알 것 같았다. 물론 사물을 볼 수 없기에 그럴 수도 있겠지만, 마음속에 거리낌이 없기 때문은 아닐까.

'무애'가 품고 있는 뜻이 단순하지가 않아, 내 마음을 복잡하게 했던 것을 그 여자로 인해서 풀리게 된 느낌이다. 모든 것을 다 갖춘 가정보다 행복하게 지내는 그들이, 저마다 가족의 결점을 마음에 담아 두고 감추려고만 했더라면 결코 행복할 수 없었으리라.

(1998)

아버님의 라디오

얼마 전에 시부모님이 계시는 시골에 다녀왔다. 그때 나는 집으로 돌아오는 차 안에서 아버님의 방에 놓여 있는 라디오를 생각했다. 그것은 너무 오래된 것이어서 구석구석에 때가 끼어 있었을 뿐 아니라, 모서리마저 깨어져서 볼품이라고는 없는 그런 라디오였다. 그 라디오가 아버님의 모습과 함께 내 마음속에서 떠나지를 않는 것이었다.

그 라디오에 관한 이야기를 처음 듣게 된 것은 이십여 년 전 일이다. 남편은 나와 사귀던 시절에 자신의 어렸을 적 이야기를 자주 들려주곤 했었다. 서로가 자라온 환경이 달랐기에 그의 이야기는 새롭고 무척 재미가 있었다. 가끔 가족에 대한 이야기를 할 때에는 만나 본 적이 없는 그의 식구들을 내 나름대로 상상해 보곤 했다. 많은 화제 가운데에서 남편이 가장 신나서 했던 이야기가 바로 그 라디오에 얽힌 일이었다.

아버님이 대전에 있는 외가에 들렀던 길에 사 오신 라디오는 초등학생이었던 남편과 동생들에게는 큰 기쁨이었고 자랑거리였다. 그 기쁨은 몇십 호 되는 마을 사람들에게도 마찬가지였던 모양이다. 라디오를 사 오시던 날, 대부분 라디오를 처음 대하는 마을 사람들은 잔칫날같이 마당에 멍석을 깔아 놓고 둘러앉아서 그 소리를 신기해하며 들었다는 것이다. 그 다음날부터 마을 사람들은 일이 끝난 저녁이면 으레 라디오 소리를 듣기 위해 남편 집으로 모이곤 했다.

어린 그는 사람들이 모이는 것이 좋아서 그들이 집으로 돌아갈 때까지 동생들과 함께 집 앞을 뛰어다녔다 한다. 그리고 뉴스 시간이면 모르고 살아왔던 세상 소식을 진지하게 듣던 마을 사람들의 표정이 평소와 다르게 보인 것이 인상적이었다 한다.

아버님은 그런 귀한 물건을 아이들의 손이 닿지 않는 높은 곳에 흙벽을 네모나게 파내고, 그 속에 얹어 놓고 감시를 소홀히 하지 않으셨다. 그렇게 해도 남편은 아버지가 들일 나가고 집 안에 안 계시는 틈을 타서 몰래 듣곤 했다는 것이다.

요즘도 아이들과 나는 가끔 그 라디오에 얽힌 이야기를 남편에게 물어 본다. 그러면 기다렸다는 듯이 그는 매번 새로운 이야기를 하는 것같이 신이 나 한다. 그 이야기를 하는 동안만은 그 시절로 돌아간 듯한 남편의 모습을 보게 된다. 그래서 라디오와 지냈던 어린 시절을 그리워하는 그의 마음을 우리들에게 들키곤 한다.

우리가 결혼을 하고 나서 처음 시댁에 들렀을 때 남편에게서 말로만 들었던 그 라디오가 낯설지 않았다. 그 무렵 막내 시동생은 초등학생이었으나 이제는 어엿한 사회인이 되어서 제 몫을 다하고 있다. 아버님은 막내 시동생이 대학을 졸업하자 농사일에서 거의 손을 놓으며 갑자기 몸의 기운이 다 빠져나간 듯한 모습이 되셨다. 아마 당신의 할 일을 다하셨다는 안도감에서였는지도 모른다.

여러 해 동안 부모님과 시골에서 함께 살았던 셋째 시동생 식구가 아이들 학교 문제로 도시로 분가를 해 나간 지도 이태가 된다. 두 분이 가정을 이루어 여러 자식을 낳아 키웠지만, 그들은 커가면서 하나 둘 부모님 곁을 떠나 터전을 잡게 되었다. 그래서 이제 시골집에는 두 분만 계신다. 그전에 시동생 식구와 함께 지낼 때에는 그 라디오를 본 적이 없었다. 이번에 시골에 내려가 보니 아버님은 다시 그 라디오를 꺼내 머리맡에 두고 지내시는 것이었다.

나는 아버님의 방에 놓여 있는 라디오의 스위치를 가만히 돌려보았다. 거기에서 나오는 소리는 내 가슴에 박히듯이 낭랑하게 들려왔다. 그 순간 고장 난 라디오를 고쳐서 가까이 두고 계시는 아버님의 심정을 조금은 헤아릴 수 있을 것 같은 기분이 들었다.

두 분이 생활하기에 불편하지 않으시냐고 자식들이 여쭈어 보면, 언제나 괜찮다는 말씀으로 우리를 편하게 해 주시는 아버님. 그것은 당신 생각보다 자식 생각하는 마음이 더 크기에 하신 말씀은 아니었을까.

칠 남매의 손때와 어린 시절이 고스란히 묻어 있는 라디오를 바라보시며, 그때나 지금이나 변함없는 그 소리에 아버님은 외로움을 달래고 계시는지도 모른다.

(1991)

| 3부 |

창밖과 창 안

우리 동네 해장국집

우리 동네 상가에는 음식점이 몇 집 있다. 그중에서 해장국집이 다른 가게와는 달리 장사를 한다. 그래서 자연히 그 집 부부와 낯이 익게 되어 눈인사를 하고 지내는 동네 사람들이 많아졌다.

얼마 전부터 해장국집에 좋지 않은 소문이 나돌기 시작했다. 항상 가게에서 일만 하던 주인 남자가 요즘 들어 보이지 않는다는 것이다. 생활이 나아지더니 바람이라도 난 것일까. 다른 직장을 얻어 가게에는 나오지 않는 것일까. 부인의 침통한 모습을 보아서는 남편이 바람이 난 것이 틀림없을 것이라는 동네 사람들의 추측이 내가 생각해도 맞을 것 같았다.

해장국집 부부가 우리 동네에 처음으로 모습을 나타낸 것은 7년 전쯤으로 기억된다. 처음에는 아파트 공터에 천막을 치고 아이들을 상대로 순대와 떡볶이를 팔았다. 그 무렵 부부는 손님들인 아이들을 자상하게 보살피는 모습이 그 앞을 지나다니는 내 눈에도 자주 띄었다. 그래서인지 아이들은 하루에도 몇 차례씩 거기에 모여들어 그곳은 늘 애들로 복작거렸다. 부부는 거기서 장사를 그리 오래 하지 못했다. 동네 사람들이 몇 가지 이유를 들어서 아파트 관리실에 천막을 없애주기를 부탁했기 때문이다. 그들의 모습을 동네에서 한참동안은 볼 수가 없었다.

어느 날, 아이들이 이끄는 대로 지하상가에 새로 생긴 음식점에 따라가게 되었다. 그 집은 천막을 치고 장사를 하던 그 부부가 차린 가게였다. 그 가게에서는 그전에 팔던 순대와 떡볶이 외에도 해장국을 곁들어 팔았다. 그들은 공터에다 천막을 치고 장사를 한 것이 얼마 되지 않았는데도, 아이들에게 아마 좋은 인상을 남긴 모양이었다. 동네 사람들도 처음에는 나와 같이 아이들 손에 이끌려 그 집에 드나들기 시작하면서 해장국 맛을 보게 된 것 같았다. 한 번 먹어본 사람은 예전에 어머니가 끓여주신 것 같은 얼큰한 그 집 해장국 맛을 잊지 못해 다시 찾았다. 또 그 부부의 모습이 수더분해서 가게에 들르는 손님들이 편안하게 음식을 먹고 가는 듯 보였다. 그 뒤 단골손님이 많아지면서 지하에서 넓고 자리가 좋은 1층으로 가게를 옮겼다. 그런 다음에는 주로 해장국을 팔았다. 그렇게 그 해장국집 부부는 여러 해를 우리와 가까이 지내게 되었다.

해장국집 남자의 행방이 궁금하던 어느 날, 이웃집에 사는 젊은 여자가 드디어 소문의 진상을 알아냈다. 그 남자가 죽었다는 것이다. 그 말을 듣고 나는 얼른 이해가 되지 않아 잠시 동안 멍하니 있었다. 사람이 살다가 죽으면 그동안 알고 지냈던 이웃들과 친척들에게 소식을 알려 슬픔을 함께 나누는 것이 상식이 아니던가. 그런데 하루에도 몇 번씩 드나드는 동네 상가에서 일하는 사람이 죽었다는데, 가까이 사는 우리가 모르고 있을 리가 없다는 생각이 들었다.

얼마 뒤에 해장국집 남자의 죽음에 대해 소상히 알게 되었다. 그 남자는 뇌출혈로 갑자기 쓰러져 병원으로 가는 도중에 숨을 거두었다고 한다. 장례는 밤 사이에 조용하게 치러졌고, 음식점은 아무 일도 없는 듯 다시 전날과 다름없이 영업을 한 것이다. 달라진 게 있다면 그 집 여자의 굳어진 표정과 주인 남자의 모습이 가게에서 사라졌다는 정도였다.

그 부부는 평소에 가게에서 일을 할 때 서로 분담을 했다. 아내는 음식 만드는 일을 주로 했고, 남편은 음식값을 받는 일과 외상으로 음식을 먹은 사람들을 일일이 장부에 기록하는 일을 맡았다. 동네 근처에는 크고 작은 빌딩이 더러 있어, 그곳에서 근무하는 직장인과 상가 사람들이 외상으로 점심을 먹은 모양이었다. 외상 장부를 맡았던 남편이 죽었다고 하면, 돈 받기가 힘이 들 것으로 아내는 생각한 듯싶었다. 그리고 힘들게 자리 잡은 음식점에서 주인이 죽었다고 하면 사람의 발길이 끊어질 것이라는 예상도 했을 것이다. 아무리 그런 일들이 염려가 된다 해도 남편의 죽음을 그렇게 치른 그 여자의 비정함에 나는 놀라지 않을 수 없었다.

이상하게 여러 날이 지나도 해장국집 일이 내 마음에서 떠나질 않았다. 상가에 들르는 길에 가끔 그 집을 들여다보곤 하였다. 그 여자는 아무 일도 없는 듯 여전히 손님맞이에 분주한 모습이었다. 그 집의 분위기도 예전과 달라진 것이 없어 보였다. 겉으로는 아무렇지도 않은 듯한 그 여자와 몇 차례 마주치기도 했다. 그러는 사이에 나는 차츰 그동안 어렵게 살아왔을 그 여자의 입장을 이해할 것도 같다는 생각이 들었다.

이웃의 보이지 않는 벽은 높아져만 가는데, 남편의 죽음이 알려지면 그 뒤에 올 수 있는 일들을 그 여자는 생각해 보지 않을 수 없었으리라. 갑자기 닥친 슬픔을 마음 놓고 슬퍼하기에는 앞으로 살아갈 일이 더 큰 걱정으로 다가왔을 그 여자의 심정은 어떠했을까.

우리가 서로 진실로 믿을 수 있는 이웃이었다면, 그 여자는 남편의 최후를 그렇듯 허망하게 치르지는 않았을 것이 아닌가. 남편을 잃은 여인이 슬픔조차 마음 놓고 드러낼 수 없게 만든 것은 이웃이 아니었을까. 남의 일에는 관심을 가지려 하지 않는 비정한 도시의 이웃들. 나도 그런 이웃들 중의 하나일지도 모른다는 생각에 해장국집 앞을 지날 적마다 그 여인의 드러내지 못하고 속으로 통곡했을 슬픔이 새삼 내 마음을 아프게 한다.

(1991)

마을

인가도 보이지 않는 산길을 따라 한참을 갔다. 길이 잘 닦여 있어서 차가 들어가는 데는 아무 문제가 없었다. 얼마 후 안내하는 사람이 이제 다 왔으니 차에서 내려 걸어 올라가자고 했다. 차 밖으로 나오니 여기저기에 축사를 헐어낸 듯한 흔적이 있었다. 높은 데 올라가 주위를 바라보자니, 멀리 군부대가 보이고 스산한 바람까지 불어 황량하기 짝이 없었다.

산속이라도 안온한 느낌이 드는 곳이 있을 텐데, 이곳은 집을 지을 땅으로는 마땅치 않아 보였다. 근처에 사람이 산다더니 집인지 농막인지 두어 채가 있을 뿐이었다. 함께 간 일행 세 명과 내 눈이 마주치자 누가 먼저랄 것도 없이 우리는 그곳에서 내려오기 시작했다.

남편의 대학 동창으로 다섯 집의 부부가 모임을 가진 지 20여 년이 넘었다. 그동안 푼돈으로 모은 돈이 목돈이 되어 노후에 모여 살 전원 주택지를 구입하기로 했다. 서울에서 차로 한 시간 정도 되는 거리로, 되도록 한적하고 값이 싼 곳을 찾다보니 마땅한 곳이 없었다. 그러던 어느 날 부탁해 놓은 곳에서 연락이 와 따라간 것이다.

우리는 인적이 드문 산골에 땅은 넓은데 값이 싸다는 말에 얼마나 기대를 하고 따라나섰던가. 그런 곳에 집을 지어 세상의 욕심을 버리고 자연과 더불어 살고 싶었다. 가벼운 바람에도 마음을 열고, 작은 풀꽃을 보기 위해 허리를 굽히며 살고 싶었다. 젊어서는 도시에서 바삐 살다가 나이가 들어서는 가만히 서 있어도 살아가는 나무처럼 한가롭게 살 수 있겠구나. 그런 생활을 꿈꾸며 우리는 큰 복을 얻은 듯 생각만으로도 행복했었다.

그러나 산에서 내려오면서 그동안 상상했던 행복감은 멀리 달아났고, 빨리 그곳에서 벗어나고만 싶었다. 초겨울의 날씨 탓에 주위의 숲도 개울도 우리의 마음을 붙잡는 데는 도움이 되지 못했다. 막상 땅을 보니 평소에 꿈꿔 왔던 것과는 달리 이런 곳에 집을 짓고 살 수 있을까, 그동안 생각하고 계획한 것이 흔들리기까지 했다.

아무도 없는 곳에 우리가 처음으로 집을 짓고 마을을 만들어 갈 수 있을까. 생각만으로도 갑자기 외로움으로 온몸이 떨려 왔다. 세상에서 밀려난 듯 마음까지 허해져 그곳에 더 이상 지체할 수가 없었다. 자신이 죽은 뒤에 무덤이 여기 있다 해도 쓸쓸할 것 같은 생각을 우리는 그때 똑같이 했을 것이다.

그곳에서 내려와 마을 근처의 땅을 보기로 했다. 마을로 들어선 우리는 포근하고 아늑함을 느꼈다. 오랜 여행 끝에 지친 심신을 이끌고 집을 찾아들었을 때의 기분이랄까. 그 안온함에 마을에 속해 있는 땅이면 아무 데라도 좋을 듯 싶었다.

마을이, 사람이 사는 동네가 이렇게 좋은 줄은 미처 모르고 있었다. 오히려 어떤 때는 동네 사람들의 시선을 거추장스럽게까지 생각하지 않았던가. 그러나 산속에 있는 그 땅을 본 후에야, 우리는 우리가 아닌 사람들과도 이웃해 살고 싶은 마음이 간절해졌던 것이다. 우리만이 이런 산속에서 살아갈 용기도 없었지만, 무엇보다 알 수 없는 두려운 마음까지 앞섰다.

예전에는 '마을' 하면 글자가 주는 푸근함과 막연한 느낌이 전부였다. 그러나 시댁에 드나들면서 직접 부딪히며 느끼는 마을은 사뭇 달랐다. 아버님의 갑년을 맞아 시골에 있는 시댁에서 잔치를 할 때였다. 그날은 우리만의 큰일이 아니라 온 마을 사람들의 잔치였다. 오십 호가 넘는 마을 전체가 무슨 명절이라도 되는 듯했다. 하루 종일 시댁에 모여 기뻐하며, 먹고 즐기면서 내 일처럼 일하는 모습은 도시에서는 볼 수 없는 광경이었다.

그 후 아버님이 돌아가셨을 때도, 마을 사람들은 우리와 함께 밤을 지새며 진정으로 슬퍼하면서, 고인의 마지막 길을 배웅하던 모습은 잊을 수가 없다. 한 마을에 살고 있는 사람들에게 마을은 대단한 힘을 가진 공동체로서 친척보다 더 가까운 관계를 이루고 있었다. 시골에 계신 어머님은 어쩌다 서울에 오셔도 마을 사람들이 궁금해 며칠을 넘기지 못하고 내려가신다. 마을에는 끈적한 정이 살아 있기 때문은 아닌지 모르겠다.

사람은 사람을 떠나서는 살아갈 수 없는 것일까. 지금 내가 혼자 있어도 마음이 편안한 것은 이웃이 있기 때문이란 생각이 든다. 사람은 알게 모르게 이웃과 도움을 주고받으면서 사는 사회적인 존재라는 것을 새삼 느끼게 된다.

마을이 생기자면 그 누가 먼저 터를 잡고 집을 지었을 것이다. 그 최초의 사람에게 박수를 보내고 싶고, 그 용기 있는 사람에게 고마운 마음을 전하고 싶다.

(2000)

아주머니의 변화

펜션을 운영하면서 제일 힘들고 어려운 것이 방 청소하는 일이다. 일 잘하는 아주머니 한 사람만 있으면 별 어려움 없이 꾸려 나갈 수 있는데, 이곳이 시골이라 직업적으로 파출부 일을 하는 사람이 없다. 주부들이 농사도 짓고 집안 살림도 하며 일을 다닌다. 그러다 보니 집안에 무슨 일이라도 있으면 그만둬 버리고, 몸이 좀 불편해도 그만두곤 한다. 아주머니를 구하는 일로 애를 태운 적이 한두 번이 아니었다.

요즘 우리 집에 일하러 오는 아주머니는 오래는 다닐 것 같은데, 일이 여간 거칠지 않다. 식탁 위에 파리채를 올려놓는 것은 보통이고, 커튼을 청소하기 좋게 질끈 묶어 놓은 채 끝내기 일쑤다. 쓰레기통도 제자리에 놓은 적이 없다. 침대 위 이부자리도 맵시 있게 해 놓아야 방이 정갈하게 보이는데 그것 또한 제멋대로다.

잘못된 부분을 지적하면 아주머니는 알아들었는지 모르는 척하는지 도무지 알 수가 없다. 슬리퍼가 더러우니 좀 깨끗이 빨아라 하면, 내 말이 떨어지기 무섭게 그렇게 하고 있으니 걱정 말라고 큰소리를 친다. 매사가 그런 식이다. 내가 도와주러 방에 들어가면, 혼자 하는 게 좋다며 얼씬도 못하게 하니 자연스럽게 가르칠 기회도 없다. 다른 집 아주머니들은 퇴근 시간이 저녁 다섯 시에서 여섯 시라면 그는 오후 두세 시경이면 퇴근한다. 일을 후딱 끝내고는 늦도록 한다고 더 잘하는 것도 아니라며 나를 가르치러 든다.

아주머니의 목소리는 크고 거칠다. 몸도 우람하고 걸음걸이도 가슴을 내밀고 걷는 게 여장부 스타일이다. 매일 아침 열 시에 우리 집에서 오 분 정도 떨어진 곳까지 차로 데리러 간다. 그가 먼저 나와 기다리는 법이 없다. 꼭 십여 분 정도는 늦게 어슬렁거리며 나오는 품이 어찌 그리 당당한지 미안한 기색도 인사도 없다.

"나도 이젠 살 만해요."

"이래 생겨도 자존심은 세다고요."

"일 잘한다고 다른 데서 자꾸 오라네요."

말이 그다지 많지 않은 아주머니가 내가 들으라고 자주 하는 말들이다. 그런 말을 할 때는 커다란 얼굴을 쳐들며 거만한 표정으로 하곤 했다. 하기야 나이 오십에 일하러 오라는 데 많고, 평생 먹고 살 것 걱정 안 해도 되니 자존심 안 내세울 사람이 없지 않을까 싶기도 하다.

육칠 개월 정도 지나자 거칠던 일손도 조금 얌전해졌고, 우리 집 일도 손에 익어 그런 대로 잘해 나갔다. 무엇보다 빠지는 날이 드물어 좋다. 그래서 일 못하는 나를 무시해도, 우리가 아주머니 눈치를 보는 한이 있어도 상전 모시듯 하고 지낸다.

얼마 전에 거실에 앉아 있자니 아주머니가 걸레를 든 채 내 옆에 슬그머니 앉더니 느닷없이 "아줌마 글 쓰세요?" 한다. 나는 그렇다고 하면서 내 글이 실린 책을 보여 주며 읽어보라고 했더니 천천히 읽었다.

일동면에서 환경 운동을 하는 뜻있는 몇 사람이 모여, 일이 년에 한 번씩 조그마한 책자를 내고 있다. 회원들의 글을 모아서 책을 내는데 내용이 알찼다. 내가 포천문인협회에 등록되어 있어서 회원 중 한 명이 찾아와 그 모임에 참석하게 되었다.

아주머니 친구의 남편이 그 모임의 회원이라며 나를 알은체했던 모양이다. 그는 친구의 말에 우리 주인 여자는 글을 쓰지 않는다고 극구 부인한 게 걸렸다면서 확인차 물어본 것이라고 했다.

그 뒤부터 아주머니는 일을 못한다고 나를 무시하지 않았다. 내가 일을 못하는 게 당연하다며 더욱 열심히 했다. 나를 바라보는 눈빛이 달랐다. 외출을 자주 해도 이해한다는 표정이다. 아침 열 시만 되면 미리 나와 기다릴 줄도 알고, 내가 어떤 일을 시켜도 고분고분하게 대해 준다. 참으로 크나큰 변화다.

점심을 같이 먹으면서도 자기 이야기를 하기 시작했다. 초등학교만 나와서 남의집살이를 하다가, 가난한 신랑을 만나 살림을 차린 이야기, 시집가서 돈이 되는 일은 안 해본 것 없이 고생을 하며 돈을 모았다는 이야기를 자주 반복했다. 늘 마지막엔 이제는 집도 있고 땅도 있고 아이들도 다 커서 "나도 괜찮아요." 한다. 그런 이야기를 할 때도 태도가 공손해졌고 말투도 부드러워졌다.

아주머니에게 극진한 대접을 받고 보니 미안한 마음이 든다. 그는 일 하나는 잘한다며 자신감으로 넘쳐 나는데, 나는 내가 쓴 글을 읽으며 그런 생각을 해본 적이 있었던가. 좋은 글로 대접받는 보답은 해야 될 것 같은데 생각할수록 걱정이 앞선다.

(2006)

탈출

낮잠을 자려는데 어디서 종이를 찢는 듯한 소리가 들렸다. 아무도 없는 집에서 무슨 소리가 나는 것일까. 나는 뛰는 가슴을 진정시키고 조심스럽게 집 안을 둘러보니, 아들의 방에서 쥐가 신문지를 가리가리 찢고 있었다.

언젠가 아들이 제 학교 실험실에 있는 흰쥐를 집에서 키우고 싶다고 했다. 남편과 내가 반대를 하고 여행을 갔더니, 그 사이에 흰쥐 한 마리를 가져와 집까지 만들어 거실 한 쪽에 놓아두었던 것이다.

다음날 새벽에 일찍 잠이 깬 남편이 신문을 보고 있는데, 무엇이 쏜살같이 손을 스치고 지나갔다. 그는 쥐가 집에 있다는 사실을 잠시 잊고 있다가 당한 일이라 무척 놀랐다. 쥐는 밤사이에 '집'을 탈출해 거실을 헤매고 다닌 모양이었다.

아크릴 판으로 아들이 만든 집을 살펴보니, 쥐의 크기만 생각하고 만들어 작고 허술하기 짝이 없었다. 쥐는 뚜껑을 밀치고 밖으로 나왔는지 위가 반쯤 열려 있었다. 아들은 쥐를 잡아넣고는 뚜껑에 무거운 것을 올려놓았다.

그날 오후였다. 조용한 집안에 무엇이 움직이는 소리가 감지됐다. 얼른 쥐가 있을 집을 보니 예상대로 빈집이었다. 가구와 소파 밑을 긴 막대기로 휘저었더니, 고가구 밑에서 먼지를 뒤집어쓴 흰 쥐가 회색 쥐가 되어 모습을 드러냈다. 이번에는 아크릴 판을 테이프로 붙여놓은 모서리를 뜯어내고 밖으로 나온 것이다. 그 뒤에도 몇 번 더 집을 뛰쳐나와 집안을 돌아다니는 통에, 식구들이 놀란 적이 한두 번이 아니었다. 그래서 과일주를 담는 커다란 병으로 집을 바꾸어 놓았다.

거기에서는 아무리 바닥을 후벼 파도, 위로 뛰어올라도 밖으로 나올 수가 없었다. 그래도 쥐는 계속 그런 행동을 했다. 오직 그곳에서 탈출만이 살 길인 양 잠자는 시간 외에는 팔짝팔짝 뛰어오르거나 바닥을 긁어댔다. 그 일을 얼마나 열심히 하는지 아무도 없을 때, 병에서 꺼내 밖으로 내보낼 생각까지 해 보았다. 그렇게 되면 흑백의 얼룩 쥐가 온 동네를 돌아다니게 되지 않을까. 연약한 실험실의 쥐가 먹이는 제대로 찾아 먹을 수 있을까. 뒷일을 생각하니 쥐를 밖으로 내보낼 수는 없었다.

몇 달이 지나자 그렇게 날뛰던 쥐가 얌전해졌다. 위만 멍하니 바라보고 있는 시간이 많았다. 몸집이 그전보다 두 배로 커진 쥐는 아무 의욕도 없어 보였다. 요즘은 끊임없이 탈출을 시도했던 얼마 전의 행동도 까맣게 잊고, 편안한 생활에 젖어 있는 듯했다. 좁은 병 속의 생활에 길들여진 것일까. 이제는 밖으로 내놓아도 움직이려 하지 않을 것처럼 보였다. 그 속에서 아들이 골고루 넣어 주는 먹이를 받아먹고 배설하고, 깔아 놓은 신문지 밑으로 파고들어 자고, 그런 생활이 행복하게 보이기까지 했다. 이따금 감옥 같은 그 생활이 답답한지 신문지를 가리가리 찢을 따름이다.

어느 날 그런 모습을 지켜보던 아들은 쥐가 사람으로 치면 중년으로 접어들었다고 했다. 사람과 동물은 일정한 환경이나 구속에서 벗어나기를 바라는 속성이 있는데, 그 현상은 젊은 시절에 더욱 심하게 나타난다는 것이다. 그래서 탈출을 꿈꾸지 않는 나이가 되면 발전도 희망도 줄어든다는데, 쥐가 그 시기로 접어든 것은 아닌지 모르겠다.

오랜 수감 생활을 하고 사회에 나온 사람들은, 여러 번 탈출을 시도했던 감옥을 그리워한다는 말을 들은 적이 있다. 사회에 적응하기가 얼마나 힘이 들면 그 지독한 구속이 그리울까 싶다. 그러나 현대인도 나름대로 자기 자신이 쳐놓은 감옥에서 살고 있다는 생각이 든다. 구속에서 벗어나기를 바라면서도 여러 곳에 속해 있을수록 즐거워하는 사람들과, 어디에든 구속되어 있지 않으면 불안해하는 사람들을 보면 그런 생각이 드는 것이다.

며칠 전에는 주는 대로 먹고 자는 편안해 보이는 흰쥐의 모습에서 내 모습을 보는 것 같아 깜짝 놀랐다. 탈출을 잊어버린 쥐나 굳어진 사고로부터 탈출조차 꿈꾸지 않는 내가 무엇이 다르겠는가.

(1998)

창밖과 창 안

북경에 사는 딸아이의 산후 조리를 돌봐 주고 있다. 집안일을 도와주는 사람이 있었지만, 며칠 동안은 바깥출입도 할 수 없었고 창밖을 내다 볼 여유조차 없었다. 일주일이 훌쩍 지나자 하루가 다르게 아기도 적응을 잘 하고 산모도 집 안을 돌아다닐 정도로 회복이 빨랐다.

딸아이가 사는 집이 아파트의 20층에 있었다. 거실 창 바로 아래에 놓여 있는 책상에 앉아 밖을 내다보았다. 높은 빌딩과 초고층 아파트가 즐비하게 늘어서 있는 게 끝이 보이지 않았다. 고개를 약간 숙이고 내려다보니 대형 빌라를 여러 채 짓느라 공사가 한창이었다.

공사장 사방에는 담도 예쁘게 쳐져 있고 담장 안의 현장에도 임시 천막을 쳐 놓았다. 그래서 걸어 다니다 보면 공사장같이 보이지 않았다. 20층에서 내려다보니 공사를 하는 현장이 훤히 보였다.

찌지직거리며 용접하는 소리와 철근을 나르면서 그것끼리 부딪치는 소리와 자르는 소리가 제일 많이 들렸다. 세워진 철근 구조물에 목재를 대는 망치 소리와 물에 으깬 시멘트를 들이붓는 소리도 났다. 지금은 이렇게 잘 들리는 소리가 그동안은 조금도 들리지 않았는지 알 수 없는 일이었다.

공사장에서 일하는 사람들이 마치 소인국 사람마냥 작게 보였다. 넓은 도로에는 자동차가 물 위에 노니는 물방개처럼 소리 없이 미끄러졌다. 포클레인과 덤프트럭도 장난감만 해 내 손바닥에 올려놓아도 될 성싶었다. 길다란 철근 무더기도 집게손가락 길이 정도로 작게 보였다.

소인국 사람들은 쉼 없이 움직였다. 노란 안전모를 쓴 사람들이 무더기로 모여 꼼지락거리며 일을 하는 모습이 앙증스럽기까지 하다. 중국에는 인구가 많아서인지 인부들이 유난히 많다. 노란색 모자를 쓴 사람들이 공사장 어딜 봐도 오글거렸다.

방에서 자고 있는 아기의 울음소리가 들렸다. 얼른 방으로 들어가 아기를 품에 안았다. 창밖의 공사장에서 일하는 사람들이 너무나 작게 보여서인지 태어난 지 열흘이 갓 지난 아기가 그들보다 더 크게 느껴지는 이상한 현상이 일어났다.

창 안에서도 며칠 동안은 소용돌이 속에서 지냈다. 진통이 시작되고 아기를 분만하는 고통을 겪어야 했고, 퇴원 후에도 아기가 엄마 젖을 잘 빨지 못하고 울기만 했다. 새내기 엄마는 자기 몸의 고통은 뒤로 하고 아기를 위해 안간힘을 썼다.

이제 아기는 세상에서 가장 순수한 모습으로 잠을 자고 있다. 조심스레 눈을 뜨고 사방을 살피다가 엄마의 얼굴을 확인하고는 다시 눈을 감는 듯이 보인다. 거실과는 달리 아기와 산모가 지내는 방은 창밖에서 공사판이 벌어지고 있다는 사실을 상상도 할 수 없을 정도로 소음이 들리지 않는다. 우리는 아기가 놀라거나 잠을 깰까 봐 조용히 말을 하고 조심스레 걸어 다니고, 문을 여닫을 때도 손에 힘을 주고 소리 없이 행동했다.

아기의 볼에 입을 맞추니 생전 처음으로 느껴 보는 듯한 포근하고 따스한 온기가 전해 왔다. 그 온기는 내 몸으로 파고들어 행복감에 빠져 들게 했다. 아기를 재우고 책상에 앉아 창밖을 내다보았다.

공사장 담 너머 육차선 도로에 레미콘 차량이 여러 대 서 있다. 레미콘 차는 그냥 보기만 해도 두렵다. 운전 중에 그 차가 속력을 내고 가까이 다가오면 무슨 괴물처럼 느껴진 적이 한두 번이 아니었다. 레미콘 차는 언제나 속력을 내고 달린다. 통 속에 시멘트와 물이 섞여 있어 빨리 현장에 도착해 쏟아내야 하기 때문이겠지만, 커다란 차가 전속력을 내며 내 차 옆으로 다가오면 간이 콩알만 해진다. 그런 레미콘 차도 높은 곳에서 내려다보니 두렵지 않다.

어울리지 않는 풍경이 창을 사이에 두고 나날이 이어졌다. 창밖은 소란스럽고 역동적이지만 창 안은 어느 곳보다 고요하고 평화롭다. 창밖은 거칠고 시끄럽지만 창 안은 연약하고 조용하다.

거실 창문을 살며시 열어 보았다. 우당탕탕 하며 요란한 소리가 창으로 뛰어들 듯이 달려들었다. 얼른 창을 닫았다. 창은 아기와 산모의 보금자리를 공사 현장으로부터 방패막이 되어 보호하고 있었다.

사람 사는 곳에 극과 극의 상황이 가끔 일어나고 있다. 그럴 때에 창 같은 존재가 있어 세상은 조화롭게 어우러지고 있다는 생각을 잠시 해 보았다. 얼마 후면 나는 한국으로 돌아가야 한다. 창밖을 내다보면 심란하지만 든든한 이중창이 있어 마음 놓고 떠날 수 있을 것 같다.

(2007)

아름다운 집

고향이 안동이면서 처음으로 하회마을을 다녀왔다. 마을의 모습은 선조들이 살았던 예전 그대로 잘 보존되어 있는 듯했다. 골목길을 걸으니 내가 댕기를 맨 처녀가 된 듯했고, 낮은 담장 너머에는 마당을 쓰는 비질 소리와 영감의 헛기침 소리가 들리는 것 같았다. 마을에서 먼저 들른 곳은 서애 유성룡 선생이 마지막 생애를 마쳤다는 충효당이었다. 종부인 듯한 할머니가 집안만큼이나 깔끔한 모습으로 마루에 앉아 일을 하고 계셨다.

서애는 최고의 벼슬인 영의정을 비롯하여 정승 판서를 십여 년 가까이 지내고, 늘그막에 고향인 이곳으로 오셨다 한다. 낙향 후 마을에서의 생활은 가난한 선비의 살림 그대로여서 아들 손자들이 끼니 걱정을 하게 될 지경이었다. 그 당시 선생은 초가삼간에 살았고, 그분이 세상을 떠난 뒤 제자들이 그 가족을 보기가 민망하여, 힘을 모아 거처할 집을 마련하였다는 글귀가 집에 걸려 있었다.

초가삼간이 남아 있지 않아 아쉬웠지만, 충효당에 서애의 체취를 느낄 수 있게 생전에 소용되었던 물건들을 잘 보관하고 있었다. 하회마을을 벗어나 서울로 올라오는 동안, 선생의 소박한 그 정신세계에 접한 감동이 쉽게 가라앉지 않았다. 그리고 또 한 채의 집이 생각났다.

내가 중학교에 다닐 때, 아버지는 교직에 계시면서 조그마한 공장을 세웠는데, 생각보다 돈이 많이 들어가 살던 집을 팔았다. 그리고 다른 집들보다 전세금이 싸면서 넓은 집으로 이사를 했다.

그 집은 선조가 정승까지 지낸 그 지방에서는 유명한 가문의 종갓집이었다. 안방과 마루가 웬만한 집 마당만큼이나 넓었다. 낮은 돌담 너머에는 그 가문에서 세운 열녀각이 있었는데, 돌보지 않아 잡초가 무성하고 채색이 벗겨진 모습은 한낮에도 음산한 분위기를 자아냈다. 뒤꼍에 있는 널찍한 창고에는 무쇠로 된 육중한 자물쇠가 채워져 있어 들어갈 수가 없었다. 그래서 그 안이 더욱 궁금해 빛이 잘 드는 날이면 문틈으로 들여다보곤 했다. 거기에는 영화와 권세를 누렸던 옛 주인의 물건들이 먼지를 뒤집어쓰고 가득 들어 있었다. 커다란 가마솥과 몇 사람이 들어갈 수 있을 정도로 커 보이는 뒤주와 독, 그 외에도 세세한 세간이 셀 수 없을 정도로 많았다.

동네 사람들은 그 집의 조상들이 권력을 남용해 죄 없는 사람들을 많이 괴롭힌 탓에 가문이 몰락했고, 밤이면 원혼이 떠돈다는 소리를 했다. 그 소문을 들어서인지 정말로 궂은 날은 대낮에도 이상한 소리가 들려 무서움에 떨었고 밤이면 악몽에 시달렸다. 그곳에서 지낸 기간이 기껏해야 두 해 정도인데, 지금 생각해도 오랜 세월을 산 것같이 느껴지며 아직까지 그 집의 모습이 생생하다. 몇 해 전에 들은 소식으로 후손들이 열녀각과 종갓집을 헐어내고 그 자리에 고급 빌라를 여러 채 지어 팔았다고 한다. 그들은 조상의 흔적을 가꾸지는 못할망정 왜 없애버려야 했을까.

며칠 전에 충남 당진에 있는 필경사에 갔다 왔다. 그곳은 상록수의 작가 심훈 선생이 세상을 떠나기 전까지 기거하면서 글을 쓴 집이다. 상록수의 주인공인 동혁이는 심훈의 장조카인 심재영 선생으로 실제 인물을 모델로 썼다. 필경사에서 좀 떨어진 곳에 심재영 선생이 사신 집이 있다. 그분은 돌아가신 지 이태나 되어 미망인 혼자 사시는 모양이었다. 우리가 갔을 때는 안주인은 출타하시고 빈집이었다.

좁은 마당 한가운데 펌프가 있고, 그 둘레에 채송화와 맨드라미와 분꽃 같은 화초가 있어 보는 순간 향수를 느끼게 했다. 멍석은 둘둘 말아 집 외벽에 걸어 놓았고, 용도도 알 수 없는 물건들이 예전에 소용되었던 곳에 그대로 있는 모습은 어설프지 않고 보기가 자연스러웠다.

크지 않는 네 쪽 짜리 장롱은 집에 비해 너무 커, 헛간에 놓고 쓸 정도로 본채와 행랑채가 너무나 잘 보존되어 있었다. 필경사는 군 당국에서 관리인을 두고 관리하고 있었지만, 심재영 선생의 집은 자손들이 자주 드나들면서 보살피고 있었다. 근래에는 일반 집들을 예전 그대로 보존하는 일이 드물어 더욱 귀한 집을 보게 된 느낌이 들었다.

서애와 심재영 선생의 후손들은 선조들이 기거했던 발자취가 담긴 집을 가꾸면서 얼마나 큰 긍지를 느낄까. 그 집을 보면서 그분들을 존중하는 마음이 세월이 지날수록 커지리라 여겨진다. 요즘 세상에 그런 집들이 진정으로 아름다운 집이 아닐까 하는 생각이 든다.

(1998)

후유증

사촌 오빠가 입원을 했다. 그는 오랫동안 위가 쓰리고 아파 여러 병원에 다니면서 위장 검사를 수차례 받았다. 정확한 병명은 알 수 없었고, 처방된 약을 먹어도 아무런 차도가 보이지 않았다. 그러던 차에 위에 악성은 아닌 듯한 혹이 자라고 있다는 진단을 받았다. 혹을 없애기 위해 입원을 하게 된 것이다.

오빠는 수술만 받으면 속이 편할 것이라는 기대감에 큰일을 앞둔 사람답지 않게 표정이 밝았다. 그동안 이유도 모르고 시달린 고통 때문인지 병명을 알아내고 치료를 받게 된 사실을 다행으로 여겼다. 병문안 간 언니와 내 마음도 한결 가벼웠다.

그리고 몇 달이 지난 뒤 오빠에게서 전화가 왔다. 별로 좋지 않는 소식이었다. 수술을 받은 지 얼마 되지 않아 다시 그전처럼 아프기 시작했고, 그 부분에 또 혹이 자라고 있다는 것이다. 그 말을 듣는 순간 나는 불길한 예감이 들었다.

나보다 서너 살 위인 오빠는 심성이 착하고 무척 소심한 편이다. 그런 그가 20대 초반에 월남전에 참전을 하였다. 오빠가 전쟁터에 가 있는 동안 큰어머니는 당찬 데가 없이 선하기만 한 아들 생각에 근심이 떠날 날이 없었다. 그 무렵 어머니가 큰댁에 다녀오시는 날은 큰어머니의 애가 타는 심정을 자세히 듣게 되어 우리까지도 침울해지곤 하였다.

큰어머니의 염려 덕분인지 일 년쯤 지나자 오빠는 무사히 귀국하였다. 오빠가 고향으로 내려오는 날, 나는 어머니를 따라 서둘러 큰댁으로 갔다. 거기에는 이미 가까이 사는 친척들이 모여 담소를 나누고 있었고, 큰어머니는 무사히 돌아온 아들을 바라보며 기쁨의 눈물을 감추지 못하셨다. 그동안 아들이 잘못되는 것을 수없이 상상하며 걱정으로 보낸 나날을 생각하면 벅차오르는 기쁨을 진정하기 어려웠으리라.

집안 분위기와는 달리 오빠는 추운 날씨도 아닌데 따뜻한 아랫목에서 담요를 뒤집어쓰고 있었다. 그리고 불안한 표정으로 우리와 눈이라도 마주치면 힘없이 웃어 보이곤 했다. 그 웃는 표정이 일 년 전의 모습과는 완연히 달라 서먹한 느낌마저 들었다. 마치 많은 세월이 흐른 뒤의 만남 같은 인상이라고 할까.

나는 그때 오빠의 초췌해진 얼굴은 그럴 수도 있으리라 생각되었지만, 왠지 공허하게 보이던 그 웃음은 이해할 수가 없었다. 어머니는 그런 오빠의 모습을 보며 심하게 놀란 것 같다면서 석연치 않은 표정을 지으셨다. 오빠는 전쟁터에서 무엇을 보았으며 무엇을 느꼈을까. 나이에 비해 천진스럽고 밝았던 그 모습은 어디에 두고 온 것일까.

그 뒤 그는 그곳에서 보낸 길지 않는 세월을 기억 속에서 지워버리지 못했다. 조금만 큰 소리가 들려도 가슴이 두근거렸고, 어떤 일에 부딪히면 당황부터 하였다. 그런 증세를 지금껏 떠안고 살아온 것이다. 이젠 그 정신적인 상처가 몸으로 나타나는 것은 아닐까.

얼마 전에 무심코 텔레비전의 채널을 돌리다가 월남에 관한 프로그램을 보게 되었다. 월남전 때 우리나라 기술자나 군인들과 인연을 맺었던 그곳 여인들은 생각보다 많았다. 그런 우리나라 사람들과 월남 여인들 사이에서 태어난 아이들이 어느덧 청년으로 자랐다. 그들이 어머니의 나라에서 생활하면서 느끼게 되는 고민과 평소의 생각을 담담하게 그리고 있었다. 대부분이 홀어머니 밑에서 힘들게 살아가고 있었지만, 연락이 끊긴 아버지를 원망하는 모습은 볼 수 없었다. 그러나 한 번이라도 아버지를 만나보고 싶은 간절한 소망은 굳이 감추려 하지 않았다.

그들의 마음속에 아버지는 어떤 모습으로 자리 잡고 있을까. 아버지에 대한 미움이나 분노도 사랑이 남아 있을 때 일어나는 것은 아닐까. 나는 그런 것들이 의문스러웠지만, 그것은 그들의 삶의 무게에 비하면 하찮은 것일는지도 모른다는 생각이 들었다. 그러나 드러내지 않으려고 애쓰는 외로움은 그들의 생활에서 떼어낼 수 없는 것 같아 마음이 아팠다. 그 프로그램을 보면서 또 다른 병원에 가봐야겠다는 오빠의 모습이 줄곧 머리 속에서 떠나지 않아 나를 더욱 착잡하게 했다.

요즘 매스컴에서는 월남전 때, 적을 쉽게 색출하기 위해 정글을 초토화시킬 목적으로 뿌렸던 고엽제가 새삼 문제가 되어 연일 보도를 하고 있다. 그 당시에는 그것이 사람에게 미칠 영향 같은 것은 미처 생각할 겨를이 없었는지도 모른다. 월남전도 우리의 기억 속에서 잊혀져 가는 요즘, 많은 사람들이 그 고엽제 때문에 입은 피해로 시달리고 있다지 않는가.

그러면 고엽제 중독 환자도, 우리 사촌 오빠도, 텔레비전에서 본 그 무표정한 청년들도 전쟁이 남긴 후유증으로 다 함께 고통 받고 있는 사람들이다.

어렸을 적에 내가 가장 무서워했던 것은 옛날이야기 속에 나오는 귀신들이었다. 좀더 자라 귀신을 무시할 나이가 되면서부터는 전쟁을 가장 큰 공포의 대상으로 생각하게 되었다. 지금은 어떤 것에 충격을 받아 그것이 정신적으로나 육체적인 상처로 남게 되는 후유증이 아닐까 하는 생각이 든다.

(1992)

김 병장의 고뇌

베트남의 호치민시에 도착했다. 3월 초의 우리나라 날씨와는 비교도 안 될 정도로 무더웠다. 푹푹 찌는 더위에도 점퍼를 벗을 생각도 않고, 나는 김 병장을 찾아 주위를 두리번거렸다. 그러나 35여 년 전에 이곳 베트남에서 눈물에 젖은 편지를 썼던 김 병장이 지금 여기에 있을 리가 없었다.

고등학교 때, 담임선생님의 권유로 파월 장병에게 위문 편지를 썼다. 그때 우리는 이국땅에서 고생을 하는 군인 아저씨들에게 특별한 내용도 없이 진부한 위로의 글만 써 보냈다. 편지를 쓴 기억이 잊혀질 즈음 월남에서 답장이 왔다.

막연하게 군인 아저씨들에게 편지를 보냈는데, 답장이 올 때는 정확히 내 앞으로 왔다. 그렇게 받는 편지가 싫지 않아 몇 번 주고받게 되자 답장이 늦으면 그의 안부가 궁금해지곤 했다.

편지를 주고받는 횟수가 거듭될수록 김 병장의 편지 내용은 혼란스러워졌다. 그는 꽤나 감성이 예민한 젊은이가 아니었나 생각된다. 처음에는 주로 이국땅의 신비한 풍경과 자신을 소개하는 글을 썼는데, 언제부터인가 전쟁이 싫고 불안과 공포에 떨고 있는 자기 심정을 간접적으로 써 보냈다. 어떤 때는 남의 나라에서 목숨을 담보로 싸우는 자신을 비하한 글도 있고, 어떤 날은 고향을 애절하게 그리워하는 얘기도 있었다. 그런 내용을 쓴 편지지에는 눈물 자국이 번져 있어 읽는 나까지 우울하게 만들었다.

그런 편지가 지속되자 나는 그를 이해하려고 하기보다 무섭고 두려운 생각이 들었다. 전쟁터에 가 있는 한 병사의 솔직한 심정을 받아들이기에는 내가 너무 어렸고, 또 베트남이란 나라가 왜 전쟁을 하는지조차 제대로 이해하지 못하고 있었기 때문이기도 했다.

주기적으로 오가던 편지가 어느 날부터 오지 않게 되었다. 답장이 오지 않으면 전사했다고 생각했던 때라 김 병장도 어쩌면 전사했을 것 같은 생각에 한동안 침울하게 보냈던 기억이 난다.

호치민시에 있는 전쟁 박물관을 둘러보니, 김 병장의 고뇌가 다시 나에게 전해졌다. 그리고 그의 아픔을 되짚어 보았다. 베트남은 무려 10여 년이나 명분 없는 전쟁을 치르지 않았던가.

동남아를 적화시키기 위한 공산주의자들의 전략으로 이용된 곳이 베트남이었다. 베트남을 구하기 위해 미국을 위시한 자유 우방국가가 월남전에 참전했다. 그러나 월남 사람들은 이들을 고마워하기는커녕 공산주의와 싸우면서도 반공 사상은 희미했다. 오히려 공산주의를 지지할 수 있는 자유를 달라고 외치는 사람도 있었다.

국민 모두의 생각이 달랐다. 백 사람이면 백 사람의 의견이 달랐고, 천 사람이 모이면 천 가지 의견이 나왔다. 심지어는 정부의 관리자들까지도 정부의 정책에 반대한다는 말을 아무렇지 않게 했다. 이런 내부의 혼란을 안고 어찌 공산주의와 싸울 수 있었을까.

공산군보다 월남군이 훨씬 많은 병력과 전투기와 탄약을 가지고 있으면서도 패망한 이유를 이제야 알 것 같았다. 목숨을 바쳐 지켜야 할 조국에 대한 애착이 그들에겐 없었다. 그런 국민들을 위해 싸우러 간 군인들의 심정은 어떠했을까.

군인들은 농민과 부녀자들 중에 누가 적인지 알 수가 없어, 닥치는 대로 살생을 할 수밖에 없었던 현실에 고민이 되지 않았나 싶다. 땅속에 굴을 파 놓고 거기서 사는 베트콩 사람들을 죽이기 위해, 밀림의 숲을 제거하려고 무차별하게 뿌린 고엽제는 또 얼마나 많은 사람들에게 피해를 주었던가. 그 아픔은 아직도 우리와 함께 나누고 있지 않는가.

전쟁이 오래 지속되자 전 세계 곳곳에서는 명분 없는 전쟁에 반대하는 데모가 일어났다. 전쟁에 참가한 군인들도 시간이 지날수록 참회의 눈물을 흘릴 수밖에 없었던 것이 월남전이었다. 이념과 이념의 차이로, 정치인들의 대립이 죄 없는 수많은 사람들을 희생시킨 것이다.

박물관 앞에는 월남전 때 투입된 커다란 폭탄이 전시되어 있었다. 한 방 터지면 반경 3킬로미터가 초토화되는 위력의 폭탄 앞에서 기념사진을 찍으면서도, 김 병장에게 미안한 마음을 떨칠 수가 없었다.

베트남 곳곳에는 전쟁의 상흔이 남아 있었다. 기억 속에서 사라진 줄 알았던 김 병장이 여행 내내 떠올랐다. 그 당시 김 병장의 고뇌를 이해하려는 노력조차 하지 못한 것이 후회스러웠다. 지금에야 나는 눈물로 편지를 쓸 수밖에 없었던 그의 심정을 조금이나마 이해할 수 있을 것 같았다. 그러나 그 동안의 세월이 너무 길어, 그에게 위로가 될 수 있을는지는 알 수가 없다.

(2002)

사랑하는 딸, 사위에게

결혼식을 마치고 집에 돌아와 이 편지를 쓰네. 만난 지 1년 만에 모두가 축복하는 결혼식을 올린 성하(사위), 지우(딸)가 너무 보기좋았고 자랑스러웠다네. 너희들은 만남이 잦아질수록 운명적이란 생각이 들 정도로, 작은 우연들을 필연으로 연결 지으며 사랑을 키워나가는 모습이 보기 좋았단다.

사람에게는 누구나 배꼽이 있지. 과일이 나무에서 떨어져 나올 때 생기는 꼭지처럼 엄마에게서 분리되어 나온 흔적이라네. 이제 성하와 지우의 엄마는 세상에서 제일 귀한 열매가 짝을 찾았으니 기쁘고 감사하구나. 그런데 노파심인지 그런 기분은 잠깐이고, 둘이 가정을 잘 꾸려갈지 여러 가지 일로 걱정이 앞선단다. 더구나 성하, 지우는 우리나라가 아닌 곳에서 자리를 잡으려 하니 더욱 그런 생각이 드는구나.

둘이 마음을 합쳐 열심히 하면 못할 것도 없고, 안 될 것도 없으리라 여겨지지만 세상은 그리 녹록하지가 않다네. 누구나 살면서 배가 불러도 헛헛할 때와, 옷을 껴입어도 추웠던 일과, 눈물을 흘리면서도 웃었던 기억을 갖고 있다네.

내가 너희들보다 삶을 앞서 살았으니 쉽게 사는 법이라도 가르쳐 줄 수 있다면 얼마나 좋을까. 오늘이 지나야 내일이 오고, 봄이 가야 여름이 오듯이 차근차근 밟아 가야지, 하나라도 그냥 건너뛰어서는 안 되는 게 인생살이가 아닐까 싶네. 계획한 하루 일과를 잘 마무리 지으면, 하루가 한 달이 되고 일 년이 되어 바라던 것이 이루어지게 될 것이네.

너희들 세대는 행복한 삶을 최우선으로 여긴다면서? 부부의 행복은 서로의 빈 주머니에 무엇이 필요한지 알아주는 마음과, 둘이 같은 곳을 바라볼 때에 느끼는 것이라고 생각한다. 큰 목표는 10년 후의 나의 모습을 그려가면서 설계해야 하지만, 그 목표를 위해 현재의 생활과 감정을 망가뜨리지는 말았으면 하는구나.

내가 초등학교에 다닐 무렵 큰집에 가면, 큰어머니는 늘 베틀에 앉아 삼베를 짜고 계셨단다. 한 올 한 올을 어찌나 정성껏 짜고 계셨던지, 베 짜는 모습은 내가 커서도 이따금 생각나곤 했다네. 베 한 필을 다 짜게 되면 장에 내다 팔게 되는데, 사가는 사람들은 베를 처음부터 끝까지 꼼꼼하게 살펴보고 등급을 매긴다는구나. 한 필에서 조금만 올이 고르지 않아도 좋은 등급에서 밀려나고, 한 필이 한결같이 올이 고른 것이 일등급을 받게 된단다. 그걸 보면 인생도 기복이 심한 삶보다는 올 고른 삶이 나이가 들어 뒤돌아보면 좋은 삶인 것같이 생각되는구나.

그런 기복을 미리 방지하기 위해서는 둘이서 부단한 노력이 필요할 걸세. 철학자 파스칼은 "우리에게 고난이 오는 것은 미리 깊은 생각을 하지 않아서다."라고 말했다네. 그 말은 섣부른 행동과 결단은 불행을 초래한다는 뜻이라고 여겨진다. 또 무슨 일이든지 시작하기 전에 철저한 준비를 해야 실패가 없다는 말인 것 같지 않느냐? 그렇다고 마냥 생각만 하면 되는 일이 없을 것이네. 확신이 서면 빨리 행동에 옮기는 적극성이 있어야 된단다. 요즘은 쌍둥이도 세대 차이가 난다는 말이 있듯이 급변하는 시대이기 때문일 걸세. 둘이서 신중하게 의논해서 일을 추진한다면 좋은 성과가 있으리라 믿는다. 설사 좋은 결과를 얻지 못했다 하더라도 둘의 마음만 맞는다면 기회는 얼마든지 있지 않을까 싶네.

경제적인 문제는 참으로 어려운 일인데, 억지로 안 되는 것이 그것 같으니 너무 집착하다 보면 오히려 안 좋은 결과를 초래할 수 있다네. 사업을 한다면 사람들이 절실히 원하는 것이 무엇인지 우선 알아낸다면, 돈을 버는 일이 조금 쉬울 것 같다는 생각이 드네. 아무리 바빠도 나뭇가지를 흔드는 바람도 느끼고, 흘러가는 구름도 쳐다보고, 사는 곳에서 조금만 벗어나면 자연의 변화를 느낄 수 있다는 것을 알고 지냈으면 좋겠구나.

이제 너희들은 무엇보다 혼자가 아니라는 사실을 명심하기 바란다. 서로 많이 다른 사람들이 만나 오랜 세월을 함께 하는 일은, 보기에는 좋아 보여도 무척 어려운 일이라네. 나보다 남편을, 나보다 아내를 배려하는 마음을 가슴에 새기고 살아야 할 것이네.

살다 보면 둘의 사이가 소원해지거나 사소한 일로 의견이 맞지 않을 때는 불화도 있을 수 있고, 너무 가깝다 보면 아무 일도 아닌 것에 서운해질 때도 있다네. 세상 부부가 모두 사는 법이 다르니, 나로서는 어떤 방법으로 살아야 되는지 정답을 말해 줄 수가 없으니 살면서 현명하게 대처하길 바랄 뿐이네.

너희들에게 쓰는 편지가 잔소리로 가득해진 느낌이 드는구나. 이제 너희들은 다른 나라에서 살림을 차리게 되어, 살아가는 모습을 일일이 지켜보기 어려울 것 같으니, 할 말이 더욱 많아진 것 같네.

사랑하는 성하, 지우야, 늘 건강하고 행복한 가정을 꾸려 가길 이 어미는 멀리서 간절히 소망한다.

(2006)

불을 지피는 여인

내가 아는 시골 마을에, 아직도 산에서 나무를 해다가 아궁이에 불을 지피는 여인이 있다. 요즘은 시골에서도 대부분 문화생활을 하고 있어 아궁이에 불을 지피는 집은 쉽게 볼 수 없다. 그래서 그 여인을 잘 모르는 사람은 집안 살림이 궁핍한 것이 아닌가 생각하기 쉽다.

그의 남편은 그 지방의 몇 안 되는 관공서의 높은 자리에 있다. 전답도 적지 않게 가지고 있는 생활이 풍족한 부인이다. 그 집의 형편을 잘 아는 사람들은 할 일이 없어서 그런 번거로운 일을 사서 하는 것이라는 말들도 하는 모양이다.

이웃들이 재래식 부엌을 입식으로 바꿀 때, 그 여인의 남편도 고칠 것을 권해 보았다 한다. 그러나 그는 누구의 말도 듣지 않고 아궁이에 불을 지피는 일을 지금까지 계속하고 있다. 그는 마을에서 마지막 남아 있는 자기 집 아궁이를 무슨 유물인 양 생각하며 보존하고 싶은 것은 아닐까. 아니면 불을 지필 적마다 사그러지려는 마음의 불씨도 함께 피우고 싶은 남모르는 생각을 가지고 있는 것은 아닐까.

나도 한때 아궁이에 불을 지펴서 밥을 지었던 시절이 있었다. 지금은 시골에 있는 시댁 부엌에도 재래식 아궁이는 없어졌지만, 몇 년 전까지만 해도 그렇지가 않았다. 일 년에 몇 번씩은 시댁에 내려가게 되는데, 그럴 때면 나는 다른 일은 제쳐놓고 부엌에서 불 때는 일을 맡아 하곤 했다. 그 일은 내가 처음으로 해보는 것이어서 어렵기는 해도 무척 재미가 있었다.

내가 불을 지피면 아버님은 손수 땔나무를 부엌에다 날라 주신다. 불이 잘 타게 하는 방법도 가르쳐 주시고, 나무마다 타는 모양이 다른 듯 일일이 그 특성을 일러주시기도 하였다.

여름이면 보리 짚을 땔감으로 쓰는데, 그것으로 밥을 지으면 재미가 유별났다. 보리 짚에 불이 닿는 순간 불꽃이 순식간에 확 타오르며 보릿대가 터지는 소리가 경쾌하게 들린다. 아궁이에서 펼쳐지는 한판 불꽃놀이를 보는 듯하다. 그 순간만은 어느 불꽃놀이보다 강렬하고 화려하지만 금방 사그러지고 만다. 그래서 보리 짚으로 밥을 짓게 되면 아무리 급한 일이 있어도 아궁이 앞을 떠날 수가 없다.

땔감으로는 장작을 으뜸으로 꼽는다. 장작은 귀하게 여겨 특별한 날에나 쓴다. 명절이나 집안에 큰일이 있어, 부엌 일이 바빠지는 날은 장작으로 불을 지펴 놓고 불 보는 일손을 던다. 또 장작불은 타고 나면 숯덩이가 남는다. 그것은 장작불 못지않게 요긴하게 쓰인다. 그런 장작은 계절에 관계없이 집 안에 여유 있게 쌓아두고 이따금씩 꺼내 쓰게 마련이다. 장작이 얼마나 쟁여져 있는가에 따라 그 집 남자의 부지런함을 점쳤던 시절도 있었다. 시댁에도 뒤꼍 감나무 밑에는 늘 같은 높이로 장작더미가 쌓여 있었다. 나는 그것을 무심코 보았는데, 이제 생각하니 쓰는 만큼 채워 놓는 아버님의 손길이 있었기 때문이었다.

가을걷이가 끝난 뒤에는 콩대나 고춧대를 땔감으로 많이 썼다. 그것들은 바싹 말라서 불이 잘 붙었다. 장작처럼 미리 얼기설기 엎어 놓고 불을 댕겨야 하는 기술도 필요 없다. 아궁이에 한꺼번에 많이 쑤셔 넣어도 엉성하여 불이 꺼지지 않았다.

나는 늘 불타는 것만 들여다보다가 밥을 태우기가 일쑤였다. 아궁이의 불을 언제쯤 약하게 하여 뜸을 들여야 하는지 정확하게 알지 못했기 때문이다. 그렇지만 나중에는 얼굴이 발갛게 달아오를 무렵이면 밥도 거의 다 되어간다는 것을 느낌으로 알 수 있었다.

십여 년 넘게 아궁이에 불을 지피는 일을 즐겨 했는데, 이제는 부엌이 개량되어 시댁에 드나들며 느꼈던 재미 한 가지가 없어지고 말았다. 불을 때던 일이 지금은 문명 속에서 사라져간 옛이야기처럼 들린다.

이런 세태에서 그 여인이 아궁이에 불을 지피는 일을 고집스럽게 계속하는 이유는 무엇일까. 남의 눈에는 번거로운 일을 자청하여 하고 있다고 생각될지 모르지만, 오히려 마음의 여유를 느끼면서 그 일을 즐기고 있는 것은 아닐까.

사람들은 편안한 생활이 마음의 여유까지 가져다 줄 것이라는 당연한 생각을 한다. 그러나 산에서 나무를 해다가 불을 지피는 그 여인이야말로 마음의 여유를 넉넉하게 지니고 사는 것은 아닐까. 비록 남보다 뒤처지는 생활은 하고 있지만, 그 생활이 그의 마음을 평온하게 유지하는 비법은 아닌지.

그 여인의 생활과 도시에서 편하게 사는 내 생활을 견주어 보면서 진정 마음이 풍요로운 생활은 어떤 것일까를 생각해 본다.

(1991)

10년 세월

늘 시작 노트를 들고 다니던 여동생이 어느 문예지에 수필로 등단을 했다. 등단 작품이 '아버지'와 다른 한 편이었다. '아버지'를 읽어보니 동생과 아버지와의 관계가 나보다 훨씬 친근감이 있어 보였고, 동생하고는 아버지가 장난스런 대화도 곧잘 나누신 것을 알게 되었다.

동생과 나는 10여 년의 나이 차이가 난다. 아버지가 젊었을 때는 자식을 사랑하는 마음을 감추고 엄격하게 키우려 하지 않았나 생각된다. 내 밑에 연달아 남동생이 둘 있는데, 그들에게는 이따금 매도 들곤 했는데 여동생 둘에게는 귀여운 마음을 드러내 놓고 키우신 것 같았다. 나도 아버지를 무서워하거나 어려워하진 않았지만 농담을 나눌 정도는 아니었다.

이정림 선생님을 만난 지가 10년이 훨씬 넘었다. 선생님을 처음 뵈었을 때를 생각하면 아득한 옛날 일처럼 느껴진다. 수필을 공부해 보겠다고 한국일보 문화센터를 찾은 게 1989년 봄이었다. 40대로 들어선 나는 봄을 혼자 집에서 보내기에는 마음이 몹시도 허전하고 심란스러웠다. 갑자기 그동안 내가 쓸데없이 세월만 무심히 보낸 것 같은 마음에, 나라는 존재를 심각하게 생각해 보게 된 것이다. 그래서 앞으로의 세월에는 동반자라도 있어야 인생이 덜 허무할 것 같아 찾아 나선 것이 수필이었다. 수필을 만나고부터 나는 다시 활기차게 생활하게 되었고, 매사를 주의 깊게 보고 귀하게 생각하는 계기가 되었다.

그때 수필반에는 회원이 열 명도 되지 않았다. 알고 보니 그 반이 개강한 지가 두 학기밖에 지나지 않았다는 것이었다. 회원이 얼마 되지 않아 들어가자마자 서로 친하게 지낼 수 있었다. 회원들의 나이가 모두 나보다 많아 나는 이름 대신 '막내'라고 불리면서 선배들의 사랑을 받았다. 그리고 사회에서 처음으로 선생님은 나에게 '여사'라는 호칭으로 불러 주셨다.

내가 수필과 수필을 공부하는 사람들에게 푹 빠질 수 있게 된 데는 이정림 선생님의 수필에 대한 카리스마 때문이었다. 선생님을 만나기 전까지는 수필을 하찮게 생각했고, 쉽게 접근할 수 있는 문학 장르라 여겼다. 그런데 선생님은 수필을 열의와 성의를 다해 가르쳤을 뿐 아니라, 수필의 위상을 높이는 데도 정진하셨다.

40대 중반의 선생님은 모습처럼 강의도 깔끔하게 하셨다. 수필에 관한 이론과 실기를 가르치는 동안, 제자들의 언행도 잘못된 부분은 그때그때 지적하셨다. 수필은 무엇보다 먼저 인간이 되어야 쓸 수 있는 문학이라는 말씀을 수없이 하시곤 했다. 돌이켜 생각해도 그 무렵 누가 나에게 그런 가르침을 줄 수 있었던가 싶다.

그때 우리는 글 한 편 내놓고 선생님의 합평이 끝날 때까지는 밥맛을 잃을 정도였다. 나는 그런 긴장감도 싫지 않았다. 선생님은 제자들의 글을 꼼꼼히 체크하셨는데, 그것이 하도 엄격해 합평이 끝나면 서운한 마음에 눈물을 흘리는 회원도 있었다. 수필은 자기의 체험을 토대로 쓰는 것이라, 글에 충실해서 합평을 하다 보면 쓴 사람의 자존심까지 건드리는 듯이 느껴질 때도 있다. 그러나 한 치의 오차도 없이 글에만 칼을 대는 선생님의 마음을 알기에는 며칠이 지나야 했고, 시간이 지나면서 서운했던 감정이 사라지곤 했다. 그 매는 다음 글을 쓸 자양분이 되어 주었다.

선생님은 수필 강의만큼 일상생활도 빈틈없어 보여 우리가 다가갈 수가 없었다. 이지적이며 냉철해 보이기까지 했던 선생님을 두려워하면서도 모두들 좋아했다. 선생님은 제자들을 가까이도 멀리도 하지 않아 우리는 선생님에 대해 서운한 마음도 없지 않았다. 지금 생각하니 선생님은 그 무렵의 제자들을 윗자식 대하듯 속내를 보이지 않으셨던 것이다.

얼마 전에 어느 회원의 등단식에 참석했는데, 반 분위기가 예전에 내가 다닐 때보다 훨씬 자유롭고 부드러웠다. 10여 년 전의 등단식 때는 축하하는 자리였지만 엄숙한 분위기가 감돌 정도로 선생님 앞에서는 모두들 약간씩은 긴장을 하고 있었다. 그러나 지금은 선생님의 모습에도 연방 웃음이 떠나지 않으셨다. 그동안 선생님이 강의 시간에 회원들을 대하는 모습도 많이 부드러워지셨다는 것을 듣고는 있었지만, 직접 확인을 하니 기분이 이상했다.

내가 보기에 선생님은 몇 년 전 어머니께서 돌아가신 뒤부터 변하기 시작했던 것 같다. 선생님은 어머니가 연세가 드신 뒤에는 함께 사시면서 정성껏 모셔 왔다. 남달랐던 모녀는 그 나이의 여느 모녀 사이와는 비교도 안 될 정도로 도타운 정을 나누셨다. 그러던 어느 날, 연이 줄을 끊고 하늘 높이 날아가 버리듯이 선생님의 어머니께서는 그렇게 가 버리신 것이다. 그 허망하고 슬픈 마음을 어찌 이길 수 있었을까. 그 후 어머니께 쏟은 정을 제자들에게 드러내 놓고 내리사랑을 하고 계시는 듯하다. 그리고 선생님도 우리 아버지처럼 10년 세월에는 어쩔 수 없는 모양이시다.

내가 수필 강의를 들었던 무렵의 회원들이 선생님께는 윗자식 같은 위치여서 그렇게 엄하게 대하신 것이리라. 그 윗자식 같은 제자들이 산영수필문우회를 만들어 정기적으로 만나고 있다. 이따금 그 자리에서는 한국일보에서 강의를 들었던 시절을 떠올리며 이야기를 나누곤 한다. 이제는 선생님의 매도 예전처럼 매섭지가 않다. 흐르는 세월에 선생님도 어쩔 수 없이 연세가 드신 것이다. 그래서 지난 세월 동안은 선생님이 우리의 울타리가 되어 주셨지만, 앞으로는 우리가 선생님의 울타리가 되어 드려야겠다는 생각을 꼭같이 하게 된 것이다.

(2003)

| 4부 |

씨앗

씨앗

책을 정리하다가 누렇게 변색된 신문 조각을 발견했다. 그것은 몇 년 전에 희귀한 기사라 생각되어 내가 챙겨 놓은 신문 기사였다. 그 내용은 2천년 전에 일본 야요이 시대 유적에서 알 수 없는 씨앗 한 톨이 출토되었는데, 그 씨앗에서 싹이 나고 꽃이 피기까지의 과정이 상세히 적혀 있었다.

깊이가 2미터나 되는 식료품 저장혈에서 씨앗이 발견되었을 때는 그것이 무슨 씨앗인지 몰랐다. 어느 학자가 그 씨앗을 물기가 있는 상자에 넣어 두었더니, 얼마쯤 지나자 놀랍게도 씨앗이 불기 시작했다. 그 모습을 보고 학자는 혹시 씨앗이 살아 있을지도 모른다는 생각이 들어 화분에 옮겨 심었다. 다음해 3월 모든 씨앗이 발아할 때, 그 씨앗도 껍질을 가르고 싹을 틔우기 시작했다. 그 후 10년 동안 키가 2미터나 자라더니 마침내 백목련 한 송이를 피워냈다는 것이다. 요즘 것보다 꽃잎이 두 장 더 많아 무척 탐스럽다는 그

꽃송이를 사진으로 들여다보면서 나는 형언키 어려운 감동을 받았다.

그 씨앗의 기사는 나에게 또 다른 의미로 다가왔다. 남편은 출장을 다닐 때나 일찍 귀가한 날에 읽으려고 책을 산다. 그는 부담 없이 읽을 수 있는 소설이나 유명인의 자서전 같은 책들을 고른다. 바쁜 회사 생활에 딱딱한 책은 일부러 멀리하는 것 같았다.

나는 전에는 내게 필요한 책을 사기보다 아이들이 읽어야 할 책과 그 애들을 키우는 데 도움이 될 만한 것들을 샀다. 결혼 후 남편과 처음으로 크게 다툰 일도, 내가 아이들 책을 무리하게 사들였기 때문이다. 큰아이가 돌도 되기 전에 영어 테이프가 들어 있는 책과 글자가 많은 동화책을 샀으니 지금 생각해도 너무 무분별했던 것 같다. 그 무렵 나는 남편이 사다주는 월간지를 읽는 것이 유일한 독서였다.

수필을 공부하면서부터는 내가 읽기 위해 사들인 책들이 많다. 또 선생님이나 문우들이 권하는 책도 사서 읽는데, 그런 책들은 늘 가까이 두고 자주 꺼내 보기도 한다. 요즘은 글을 쓰는 사람들이 보내오는 기증본도 제법 된다.

고등학교에 다니는 딸아이는 가끔 장정이 예쁜 책을 선물로 받았다고 자랑을 한다. 그것들은 대부분 시집과 에세이집인데, 부피가 얄팍하고 책장을 넘겨 보면 페이지마다 글자가 꽉 들어찬 곳이 없다. 그런 책을 아이는 읽기도 전에 예쁘다며 쓰다듬곤 한다. 딸아이는 내용보다는 우선 선물로 주고받기 좋게 만들어진 외형에 더 비중을 두고 책을 고르는 것 같다.

아들아이는 책 읽기를 무척 좋아한다. 고등학교 3학년 때도 읽고 싶은 책은 꼭 읽고 넘어갔다. 대학에 들어가고부터는 학교를 오가는 길에 수시로 서점에 들러 책을 사서 들고 다니면서 장소에 구애받지 않고 읽었다. 가끔 그 아이가 읽는 책이 궁금하기도 하고, 내가 읽을 만한 게 있나 살펴보기도 한다. 고등학교에 다닐 때는 주로 과학에 관한 책들과 소설도 과학적인 것을 읽곤 했는데, 지금은 여러 분야의 책으로 폭넓은 독서를 하는 것 같다.

어떤 책은 종이가 누렇게 변색된 것도 있는데, 그런 책은 출판사 창고에서 가까스로 구한 것이라 했다. 그 아이는 책 한 권을 고르기 위해 서점에서 많은 시간을 보내기도 하지만, 선배들이 권해서 읽는 것도 많았다. 많지 않는 식구들이 저마다 들고 오는 책이 여러 달이 지나면 집안 여기저기에 쌓이곤 한다.

이따금 시골에 있는 시댁에 내려가 보면, 씨앗을 봉지에 담아 보관해 놓은 것을 볼 수 있다. 다음해 농사를 위해 아버님은 그 해에 수확한 것 중에서 가장 좋은 품종에 튼실하고 알찬 종자를 골라 놓은 것이다. 나는 농부가 씨앗을 고르듯이 책을 고르려고 집 안에 있는 것을 모두 한자리에 꺼내 놓고 식구들을 불렀다. 남에게 줄 것과 버릴 것, 각자 소장할 것을 구분해서 고르라고 했다. 한참 있다보니, 그 책들을 살 때는 골라서 산 것들일 텐데 보관하고 싶은 책은 몇 권 되지 않는 것에 놀라웠다.

지금 우리는 책의 홍수 속에 살고 있다. 작가가 아니라도 자기의 사생활 정도밖에 안 되는 얘깃거리를 가지고도 쉽게 책을 낸다. 책을 내는 사람들은 한 번쯤 씨앗의 의미를 생각해 보면 어떨까. 2천 년 전의 백목련 씨앗은 그 시대에서 가장 좋은 것으로 선별된 것이었기에 오랜 세월이 지난 지금에 와서도 아름다운 꽃을 피우지 않았을까.

아직도 나는 글 쓰는 일에 자신이 없어 한 편을 어렵게 완성한다. 그래도 일 년에 몇 편씩 쓰다 보면 언젠가는 책 한 권을 내고 싶은 욕심이 생길지도 모른다. 그 책이 많은 사람들에게 공감을 얻으리라는 생각은 감히 할 수 없지만, 내 자식들의 마음 밭에 한 톨의 씨앗이 되었으면 하는 바람은 있다. 어미의 책이 자식들의 서가에 보관되고, 또 그 애들의 자식의 책장에서도 버림받지 않는다면 그것만으로도 얼마나 행복한 일인가.

(1995)

고흐와 담쟁이덩굴

우리 집에서 면 소재지나 서울로 나가자면 담쟁이덩굴이 수없이 많은 길을 지나야 한다. 지금은 노도 포장도 잘 되어 있고 은행나무도 길가에 즐비하게 들어서 있지만, 15년 전의 이 길은 보잘것없는 시골길이었다. 그때 우리는 몇 번씩 차에서 내려, 길에 있는 큰 돌을 치우고야 그 길을 지나갈 수 있었다. 그런데 언제부터인가 산 밑에 쳐 놓은 높지 않는 시멘트 벽을 담쟁이덩굴이 감고 올라가는 것이 보였다.

나는 그 길을 자주 오가며 담쟁이덩굴을 본다. 그럴 때마다 담쟁이덩굴 속에 고요히 잠들어 있는 빈센트 반 고흐와 그의 동생 테오의 무덤을 떠올리곤 한다. 프랑스 북쪽에 있는 안베스 공동묘지에, 살아서 함께 지내지 못한 그들이 나란히 잠들어 있는 모습은 고흐에게 얼마나 다행인지 모르겠다.

생전에 고흐는 돈 한 푼 벌지 못하고 오직 그림만 그렸다. 그런

형에게 테오는 유일한 경제적인 후원자였다. 그리고 19년 동안 끊임없이 보내온 육백 통이 넘는 그의 편지에 답장을 써 보내며, 불행한 형을 위로하고 격려했다.

고흐는 자연을 사랑하는 마음을 테오에게 수없이 보냈다.

“화가란 자연을 이해하고 사랑하는 사람이다. 그들은 우리에게 자연을 바라보는 방법을 가르쳐 준다. 참으로 자연을 사랑하는 사람은 어디서나 아름다움을 발견할 수 있다.”

“여기의 시골 풍경은 정말 그림처럼 아름답다. 뿐만 아니라 아주 독특하기까지 하다. 모든 것들이 있는 그대로 말을 걸어오는구나.”

고흐가 테오에게 보낸 편지의 일부분을 보더라도 자연을 사랑하는 마음을 어느 작가보다도 섬세하게 표현하고 있다. 그것은 그가 그림을 그리는 것만큼이나 독서를 즐겼기 때문이리라.

나는 하루가 다르게 가을 색이 짙어 가는 산을 바라보며, 고흐라면 이 느낌을 어떻게 표현할까, 또 어느 부분을 어떻게 화폭에 옮기게 될까 생각해 보곤 한다.

흔히 우리는 고흐를 해바라기의 화가로만 알고 있다. 그런데 정작 그가 사랑한 것은, 형제의 무덤을 장식하듯 덮고 있는 담쟁이덩굴이었다고 전해지고 있다. 화려한 꽃도 피우지 않는 그것을 그는 왜 그토록 좋아했을까.

고흐는 평생을 누구와 담쟁이덩굴처럼 엉켜 살지 못했다. 가족과도 친구와도 심지어 여자 관계까지도 오래 가지 않았다. 그는 고독을 즐기며 혼자 산 것이 아니라 어쩔 수 없이 홀로 떠돌게 되었을 뿐이다. 그는 끝없이 사람들과 엉켜 살고 싶은 마음을 버리지 않았다. 십 대부터 가족과 떨어져 지내며, 어디에도 안주를 못하던 그에게 담쟁이덩굴은 어떤 특별한 의미를 주는 식물이었을지도 모른다.

고흐는 생전에 그림을 한 점밖에 팔지 못했다. 그것도 아주 헐값에 팔려 그의 그림은 형편없이 나쁘게 인식되었다. 고흐가 죽고 3년 뒤 그의 동생 테오도 죽었다. 고흐는 동생에게 많은 유화와 소묘를 남겼는가 하면 또한 많은 편지도 남겼다. 고흐 형제가 죽자 사람들은 그것들을 버리라고 했지만, 테오의 부인인 요한나는 남편이 아꼈던 형의 유품을 그렇게 하지 않았다. 남편이 생전에 형의 작품을 얼마나 사랑했고, 사람들에게 알리려고 얼마나 애를 썼던가를 너무도 잘 알고 있었기 때문이다.

요한나는 한 살 된 아들에게 아버지의 유산으로 그것들을 남겨주었다. 그 후 요한나는 고흐의 그림을 전시하기도 하고 여러 곳에 알리기도 했다. 만약 그때 고흐의 모든 것을 요한나가 버렸다면 오늘날 빈센트 반 고흐는 존재하지 않았을 것이다. 나중에 요한나의 아들은 여기저기에 흩어져 있는 큰아버지의 그림을 다시 모으기까지 했을 정도로 애정을 기울였다.

요즘은 담쟁이덩굴에 단풍이 들어 그 빨간 색이 화려할 정도로 아름답다. 시멘트 회색 벽을 온통 뒤덮은 담쟁이덩굴을 볼 때마다 사람들과 그렇게 엉키고 싶어 했던 고흐의 고독한 모습이 보인다. 고흐는 생전에 사람들과 사이좋게 지내고 싶었지만, 동생 테오와 함께 지낸 짧은 기간도 서로에게 고통만 준 시간들이었을 뿐이다.

고흐의 그림은 그가 살았을 때는 사람들에게 하찮은 것으로 취급받았다. 그러나 그 누구도 인정하지 않았던 고흐의 작품을, 짧은 기간에 세계의 모든 사람들이 최고의 예술품으로 찬탄하게 되기까지는 그의 가족의 숨은 애정이 있었기 때문이다.

가족이란 대체 무엇일까. 이제 스산한 바람이 불면 담쟁이덩굴 잎은 떨어질 것이다. 그러나 실핏줄처럼 엉켜 있는 줄기는 그대로 남아 있다. 고흐가 담쟁이덩굴을 그토록 사랑한 이유를 이제야 알 것 도 같다. 끊을래야 끊을 수 없는 인연, 잘라내도 다시 엉켜 붙는 담쟁이덩굴 같은 인연. 가족은 영원히 한 덩굴로 어우러져 있지 않는가.

전원으로 이사 와 처음으로 맞이하는 가을 들판을, 나는 고흐를 생각하며 걷고 있다.

(2002)

예술가 부부

오늘도 예술가 부부는 작품을 만드느라 분주하다. 시시각각으로 변하는 고난도의 작품인데도 너무도 쉽게 작업을 해 나간다. 그들이 만든 것은 언제 보아도 싫증이 나지 않는다.

시골에서 생활하면서 처음으로 맞이한 봄은 마냥 즐겁고 흥분되기까지 했다. 정원 가꾸랴 땅 일구랴 정신없이 바쁜 나날이었지만, 흙과 더불어 사는 일이 지루하지 않고 재미있었다. 넓지 않은 땅을 일구어 씨를 뿌릴 준비를 마치고 밭을 바라보자니 큰일을 해낸 것처럼 흐뭇했다. 그 땅에 씨를 뿌렸다.

며칠 뒤부터 싹이 올라오는 것을 보려고 아침저녁으로 들여다보았다. 보름이 지나도록 아무런 조짐이 보이지 않았다. 땅은 거짓이 없다는 말도, 농부의 아들인 남편의 농사 실력도 의심이 가기 시작했다. 내 생각대로 남편은 그 흔한 쑥과 냉이도 구별 못했고, 농사에 도움이 되는 상식이라곤 하나도 아는 게 없었다.

뒤늦게 싹이 올라오긴 했는데, 뿌린 씨앗들은 다 어디를 가고 셀 수 있을 정도로 몇 포기만 나왔다. 친구들에게 상추가 자라면 우리 집에서 밥을 먹자고 한 말이 거짓이 되고 말았다. 내가 키운 채소를 금방 뽑아 먹는 일은 상상만으로 끝이 났다. 옥수수와 호박은 초록색 싹이 나오는 게 아니라 노란 색으로 힘들게 땅을 비집고 올라왔다.

우리 마을에서 유일하게 농사만 짓는 집이 있다. 60대의 황씨 부부로 자식들은 분가를 해 서울에서 살고, 부부가 농사를 짓고 살아간다. 그들의 논과 밭이 우리 집과 경계를 이루며 붙어 있다. 황씨네 밭에는 우리와 비슷하게 뿌린 씨앗이 잎이 나풀거릴 정도로 자랐다. 나중에 안 일이지만 우리 밭의 상추와 배추는 너무 깊이 심어 싹이 트지 않았고, 옥수수와 호박은 거름을 하지 않아 싹이 자라지 못했던 것이다.

그 이듬해는 황씨네가 하는 대로 따라 하기로 마음먹었다. 밭의 면적을 지난해보다 작게 잡았다. 황씨 부부가 밭에 나타나면 유심히 지켜보리라 생각했던 일도 쉽지는 않았다. 그들은 어찌나 부지런한지 우리가 아침에 일어나기도 전에, 밭에 거름을 갖다 부었고 씨를 뿌렸다. 낮에도 어느새 나타나서 무엇을 하고 가는지 알 수가 없을 정도로 일손이 빨랐다. 남 따라 하는 것이 이렇게 힘드는 줄 몰랐다.

어느 날 우리 부부는 황씨 부부에게 농사짓는 법을 가르쳐 주었으면 했다. 황씨 부부가 일러 준 대로 미리 땅에 석회분을 뿌려 놓고 나중에 퇴비를 사서 흙과 섞어 놓았다. 그 뒤에 흙을 살짝 건드린다 싶게 파고 씨를 뿌리니, 진한 초록색의 싹이 올라왔다.

황씨네 밭에는 호박이 주렁주렁 열릴 때, 우리 밭의 호박은 겨우 한두 송이의 꽃이 피었다. 그들 부부가 보기에 딱했던지 밭에 나오면, 호박 서너 개씩을 건네주곤 했다. 열무를 솎을 때도 우리 집에 듬뿍 나누어주었다. 드디어 우리는 황씨네가 주는 것만 얻어먹어도 되니 어려운 농사는 그만 짓는 게 어떨까 하는 생각을 하게 되었다. 그리고 황씨 부부를 예술가 부부로 칭송하게 된 것이다.

황씨 부부에게 밭은 캔버스다. 가을걷이가 끝나고 빈 밭일 때도 그들 부부는 부지런히 둘러본다. 하얀 캔버스를 앞에 놓고 무엇을 그릴까 구상하듯이, 그들도 빈 밭에 들러 내년에는 무엇을 얼마나 심을까 구상한다. 해마다 밭에 심는 채소의 종류가 조금씩 다르다.

이른 봄부터 작업이 시작된다. 예술가 부부가 그린 그림은 하루도 같은 날이 없다. 고추 모종을 하는가 싶으면 어느새 꽃이 피고 고추가 주렁주렁 열린다. 감자 싹이 올라오고 좀 있으면 무성해진 잎 사이로 꽃이 핀다. 여름이면 감자 꽃밭이 되고, 더덕 꽃밭이 된다. 수박과 참외도 몇 이랑은 심는데, 그것들이 자라 잎 사이로 열매가 달린 모습은 보는 것만으로도 즐겁다.

황씨네 밭에서 식물들이 하루가 다르게 자라는 것을 보면 땅의 힘찬 기운이 느껴진다. 그 밭에 맨발로 서 있으면 나도 땅의 기운을 받아 활기에 넘치는 젊음을 되찾을 것 같다. 이따금 우리 집에 오는 손님들에게 황씨네 밭을 가리키며 그림을 감상하듯 바라보라

한다. 정말로 한 폭의 아름다운 그림을 보는 것 같다고 찬사를 아끼지 않는다.

황씨 부부가 땀 흘리며 정성껏 밭을 가꾸어 나가는 모습과, 화가가 캔버스에 작품을 완성하기 위해 온 힘을 쏟으며 작업을 하는 모습은 다같이 아름답고 숭고하게 보인다.

황씨 부부는 하루도 같은 작품을 보여 주지 않으니 그들을 '전위예술가'라 부를까 생각 중이다.

(2005)

잃어버린 일상

지난해 미국에서 공부하는 아들을 만나러 갔다. 아이가 좋아하는 반찬과 고춧가루 같은 양념을 잔뜩 싸 들고, 비행기를 몇 번 갈아타고 목적지에 도착했다. 내 모습이, 예전에 우리네 부모님이 보따리를 들고 이고 도시에서 공부하는 자식 찾아가는 것과 별반 다르지 않았다.

며칠이 지나 뉴욕 시내를 관광하다가 9·11 테러 사건이 일어났던 곳을 지나가게 되었다. 마천루가 숲을 이룬 곳에 쌍둥이 빌딩이 무너져 내린 곳이 보였다. 엠파이어스테이트 빌딩보다 30센티미터가 더 높은 건물이 있었던 곳이라는데 상상이 되지 않았다. 건물을 지을 때처럼 나지막하게 천막을 둘러 쳐 놓았다.

무너진 빌딩 앞에는 넓은 도로를 사이에 두고 크지 않은 교회가 있었다. 그 교회 울타리에는 희생된 사람들의 옷가지와 신발과 가방 같은 물건들을 사방으로 걸어 놓았다.

거대한 도시의 한복판에 아무 뜻 없이 그렇게 해 놓았다면 너절하기 그지없을 텐데, 그 모습은 보는 사람들을 숙연하게 했다. 그리고 테러 사건에서 희생된 사람들을 애도하는 마음과, 무슨 일이든지 금방 잊어버리는 사람의 속성을 일깨워 주는 듯이 보였다. 그 교회 주위를 공연히 서성이는 사람들도 있었다.

같은 버스를 타고 구경하는 사람들은 그때의 충격을 떠올리는 듯 침통한 표정를 짓고 있었다. 테러 사건에 희생된 사람들은 이루 말할 수 없이 많았다. 그중 나는 마이클 부부를 잊을 수가 없었다.

마이클은 맞벌이하는 미국의 평범한 가정의 가장이었다. 그는 아침에 쌍둥이 빌딩으로 출근했다가 돌아오지 않는 아내를 찾아 나섰다. 잔해 더미 속에서 눈물을 글썽이며 시신이라도 찾기를 애타게 바라며 미친 듯이 헤매고 있었다. DNA 검사를 위해 아내의 칫솔을 가지고 다니는 그의 모습은, 그날의 참사에서 산 자의 아픔을 대변하고 있는 듯이 보였다.

마이클은 절규했다.

“그 끔찍한 날의 아침으로 되돌아갈 수만 있다면, 그 사람의 눈을 한 번만이라도 더 볼 수 있을 텐데…”

“그 사람을 한 번만 더 안을 수 있다면, 매일 했던 것처럼 사랑한다는 말을 할 수 있을 텐데…”

그날따라 바빠서 포옹을 하지 못하고 출근한 그는 아내 생각에 마음이 미어지는 듯했다.

“아내와 하루의 일상만이라도 주어질 수 있다면…”

그의 절규는 특별한 것이 아닌, 일상을 되돌리고 싶어 하는 마음이어서 나의 눈길을 끌었다.

마이클의 아내는 탈출이 불가능하다는 것을 알았을 때, 긴박한 마음으로 집에 있는 자동응답기에 남편에게 마지막 말을 남겼다. 숨겨 놓은 돈에 관한 얘기도, 이때까지 쌓아 올린 명예가 실추되는 안타까움도 아니었다. 더구나 목숨에 대한 애착도 아니었다.

"내가 당신을 얼마나 사랑하는지 당신은 알죠?"

보통 사람들이 들으면 싱겁기 짝이 없는 그 말은 평소에 남편에게 늘 하던 것이었다. 마이클 부부 이야기를 신문에서 읽고, 그 어떤 감동적인 영화보다 가슴이 뭉클해지는 느낌을 받았었다.

마이클 부부는, 행복은 일상 속에 있다는 것을 알고 있었다. 마이클과 그의 아내가 마지막이라는 것을 알았을 때, 그리워했던 것도 하고 싶었던 말도 특별한 것이 아닌 일상에서 늘 하던 그것들이었다.

어제가 오늘인 듯, 오늘이 내일인 듯 삶의 무게에 더함도 덜함도 없는 연속적인 나날. 결론이 있을 수 없는 삶에서 느낄 수 있는 변화는 없지만, 변화 속으로 흘러 들어가는 게 일상의 정체는 아닐까 생각한다.

마이클은 아내와 나누었던 수많은 말들과 매일 아침 아내와의 눈맞춤을 어찌 잊을 수 있을까. 계절의 변화도 이제는 아내와 함께 할 수 없다는 사실에 얼마나 더 슬퍼하며 맞이하고 보내야 할까. 그의 일상은 아내와 함께 사라져 버린 것은 아닌지 모르겠다.

미국의 테러 사건은 마이클 부부뿐 아니라 많은 사람들의 일상을 빼앗아 갔다. 그리고 테러 사건 이후에 예고된 전쟁은 또 얼마나 많은 사람들의 일상을 잃어버리게 할까.

마이클은 아내와 함께 했던 일상이 그리운 것이다. 매일 똑같은 모습으로 일어나 어제와 다르지 않은 오늘을 맞이하는 그 평범한 일상이 미치도록 그리운 것이다.

쌍둥이 빌딩 앞을 지나가던 날, 교회 울타리 주변을 배회하는 남자가 있었다. 그 사람이 어쩌면 마이클이 아닐까 하는 생각을 떨칠 수가 없었다. 아니, 이미 그 모습을 보는 순간 나는 그가 마이클이라고 단정하고 있었는지도 모른다.

(2003)

코네티컷의 가을

미국에 있는 예일대학교 캠퍼스의 벤치에 앉아 있다. 아들이 이 대학에 다니고 있어 학교 구경을 하려고 따라나섰다. 교정에 아름드리 나무들이 많아 학교가 공원 같은 느낌이 들었다. 앞에 보이는 좁지 않은 잔디밭에 학생들이 삼삼오오 짝을 지어 담소를 나누는 모습이 여유롭다.

10월 중순으로 접어드니 나무들이 단풍이 들 준비를 하고 있었다. 어떤 나무는 윗부분이 발갛게 물들기 시작했고, 그 옆의 나무는 사람의 머리카락이 세듯이 줄기에서부터 누렇게 변하기 시작했다. 어느 나무는 노란 잎이 녹색 잎 사이사이로 보였다.

예일대학교의 건물은 대리석과 붉은 벽돌로 지어졌는데, 두 가지 다 고풍스럽기는 마찬가지였다. 외관이 고딕풍으로 갈색과 연둣빛, 베이지색의 거친 대리석으로 된 건물이 있었다. 성당처럼 보이는 그곳으로 들어갔다. 그곳에는 저택의 정원처럼 꾸며진 공간과 복도가 끝없이 연결되어 있었다.

문 주위와 천장은 정교한 조각으로 아름답게 장식되어 있어, 교정이라기보다 옛 궁전 같은 느낌이 들었다. 오가는 학생들도 별로 없어 혼자 복도를 따라 걸어가다 강의실에 들어가 보았다. 넓지 않은 강의실은 학교 명성에 맞는 분위기로, 골동품처럼 보이는 책상과 의자가 놓여 있었다. 저 의자와 책상에 얼마나 많은 사람들이 거쳐 갔을까. 가만히 의자에 앉아 책상을 만져 보았다. 나무의 결이 느껴지며 만감이 스쳐 지나갔다. 혼자서 한참 교정을 돌아다니다 보니 시공을 느낄 수 없는 미로 속으로 빠져드는 기분이 들었다.

손자(연수)의 돌을 맞아 아들네가 살고 있는, 코네티컷 주에 있는 뉴 헤이번에서 가을을 맞이하고 있다. 한국에는 10월 들어 계속 비가 온다고 했는데, 이곳 날씨는 쾌청한 가을날이 이어졌다. 높고 푸른 하늘에 바람도 낯설지 않게 불었다.

아들이 사는 아파트의 커튼을 열면 다람쥐가 정원에 돌아다니고 공해가 없어 보이는 대기에, 하늘을 쳐다보면 구름이 손에 잡힐 듯 선명하다. 하늘은 물감으로도 표현할 수 없을 정도로 맑고 깨끗한 코발트 빛깔이다.

돌을 맞은 손자는 하늘빛만큼이나 맑고 밝았다. 하루 한두 차례 아이를 업고 산책을 했다. 등에 처음으로 업혀 본 손자이지만 한국 아이답게 할머니의 등을 무척 좋아했다.

봄에는 꽃이 흐드러지게 피었을 꽃사과나무에 작고 붉은 열매가 수없이 달려 있다. 그 열매를 따 주면 손자는 작은 손으로 만지작

거리며 오랫동안 가지고 논다. 자동차가 지나가면 보이지 않을 때까지 목을 빼고 바라본다. 개를 데리고 산책을 하는 사람이 더러 있는데, 손자는 개를 보면 눈을 반짝이며 호기심을 보인다.

아이를 업고 망초꽃이 수없이 피어 있는 언덕배기에도 가보고, 아파트 뒤편의 넓은 숲과 그에 이어진 빈 터에도 가 본다. 도토리가 나무에서 툭툭 떨어지는 소리에 화들짝 놀랄 정도로 주위가 고요하다. 다람쥐가 도토리를 까먹느라 정신이 없는지 곁에 도토리가 떨어져도, 사람이 가까이 다가가도 꼼짝도 하지 않는다.

좁지 않은 아파트 단지를 한 바퀴 돌고 나면 심심해지기 시작한다. 업고 있는 동안에도 손자가 보고 싶어 아기 몸을 앞으로 돌려 얼굴을 들여다보곤 한다. 산책길에서 만나는 사람들과 인사도 나누면서 아이를 업고 하루 한두 차례 산책을 하는 일이 즐겁다. 일년에 한 번 정도 만날까 하는 손자이니 지금 이 순간이 귀하고도 소중하다.

내가 낳아 기른 자식이 별 탈 없이 자라 가정을 이루고, 그 아들 제 자식을 낳아 키우는 모습을 처음으로 가까이에서 보았다. 30여 년 전의 우리 부부가 자식을 낳고 살아온 세월이 떠올랐다. 아들도 우리처럼 자식을 정성껏 키우고 사랑하다 보면 세월은 물같이 흘러가리라.

갑자기 알 수 없는 감정이 북받쳐 올랐다. 내가 이만큼 살아온 세월을 아들에게 어떻게 이야기할 수 있을까. 내 나이 60이 다 되어서야 자신과 세상을 조금 알게 되는, 그 어려운 것을 어떻게 전해 줄 수 있을까.

아들에게는 아들의 삶이 있다. 한 번도 가 보지 않은 길을 가면서 인생살이의 희로애락을 느낄 것이다. 한 가정의 가장으로서 짊어져야 할 책임감도 만만치 않으리라 생각한다. 그것이 결코 쉽지만은 않겠지만 내가 바라는 것은 그 짐이 늘 가벼웠으면 하는 것이다. 평생 학문을 할 아들이지만 꽃이 피면 꽃도 바라보고, 지나가는 바람도 몸으로 느껴보며 가끔은 하늘을 쳐다볼 줄 아는 사람이었으면 좋겠다.

며느리가 제 남편과 아이를 바라보는 눈빛에 사랑이 가득하다. 아들이 제 아이를 바라보는 모습이 사랑으로 넘친다. 나는 아들 내외의 그런 모습이 사랑스럽고 흐뭇하다. 내가 아들을 사랑하는 마음과 아들이 제 아이를 사랑하는 마음이 합해져 더욱 감동스럽다.

코네티컷의 가을은 하루가 다르게 깊어간다. 주위의 아름드리 단풍나무에도 느릅나무에도 참나무에도 단풍이 짙게 물들어 간다. 가을은 나뭇잎이 떨어지기 전에 마지막으로 화려함을 선보이는 계절이다. 그래서 애잔함이 묻어 있는 가을날의 비감한 아름다움을 바라보는 사람들은 쓸쓸함을 떨칠 수 없다.

그러나 손자와 보낸 코네티컷의 가을은 쓸쓸하지 않았다.

(2007)

우르꾸트로 가는 길

존의 집은 연일 잔칫집 같았다. 열 명의 식사 준비를 하느라, 매때마다 존의 부인과 아들 내외와 딸까지 분주하게 움직였다. 그들은 이국의 손님들에게 우즈베키스탄의 전통 요리를 골고루 맛보이고 싶어 따뜻한 마음을 담아 정성을 다했다. 우즈벡 사람인 존과 인연이 닿아, 그의 초청으로 지인 열 명이 사마르칸트에 있는 존의 집을 찾았다.

현실의 권태로움을 잊기 위해서는 여행보다 좋은 게 없는 것 같다. 기대를 갖고 떠난 여행에선 미리 생각했던 것보다 만족스럽지 못했던 경험도 있다. 그러나 이번 여행은 모든 것을 우리가 준비하고 먼 친척 집으로 가는 가벼운 기분으로 떠났다. 그래도 동양과 서양을 잇는 실크로드의 중심지였던 사마르칸트로 간다고 생각하니 마음이 설레었다.

사마르칸트는 우즈베키스탄에서 두 번째로 큰 도시였다. 세계 문화유산으로 지정된 도시라 고층 건물은 구경하기가 어려웠다. 뛰어난 동양 건축물의 집결체로 꼽히는 레기스탄 광장이 존의 집과 가까이 있어 걸어 다닐 수 있었다. 도시 어디서나 이슬람의 신학교와 아름다운 중세 건축 양식의 사원과 모스크(이슬람 교회)를 쉽게 만났다. 유적은 주로 푸른색 계통의 타일을 모자이크 형식으로 모양을 내어, 오랜 세월이 지나도 아름답게 빛을 발했다.

사람들이 사는 집들도 예전 그대로인 듯, 골목길을 걸으니 십 세기 전의 시대로 돌아간 느낌이 들었다. 집집이 예쁜 문양의 나무 대문에 네모난 작은 마당과 좁은 집을 갖고 있었다. 겨울이었으면 무척 무거워 보였을 도시가 봄이어서 다행이라는 생각이 들었다. 우즈베키스탄의 사람과 문화가 유럽과 중동, 아시아가 공존하고 있다는 느낌이었다.

한국어를 전공하는 대학생인 안내자가 여행사를 따라오면 가 볼 수 없는 곳을 추천해 주었다. 사마르칸트에서 한 시간 정도 걸리는 우르꾸트로 가는 길은 산을 끼고 이어졌다. 산에는 큰 나무보다 바위가 많았다. 크고 작은 바위 사이에 분홍빛의 짙고 옅은 봄꽃이 손질해 놓은 듯 소담하게 피어 있는 모습은 이색적인 아름다움이었다. 산 전체를 바라보자니 사람들이 다듬어 놓은 넓은 정원 같았다.

우르꾸트에 도착하니 마을 뒤로 풀 한 포기 자랄 것 같지 않는 높은 돌산에 눈이 덮여 있었다. 마을에는 아이들이 당나귀를 타고 다니고, 황토에 짚을 섞어 만든 집들이 문명의 혜택을 전혀 받지 못하는 곳처럼 보였다. 좁은 길을 따라 마을 뒤로 올라가니 자연이

태곳적 모습 그대인 듯했다. 맑은 물이 졸졸 흘러 내렸다. 원천인 연못에선 물이 뽀글거리며 솟아 나오고, 바닥에는 이 시대가 뿜어내는 온갖 공해에 티끌 하나 물들지 않은 선명한 초록의 이끼가 융단처럼 깔려 있었다.

우르꾸트의 곳곳에 천년이 넘는 플라타너스가 여러 그루 버티고 있었다. 그 나무들은 이제 나무라는 이름은 어울리지 않았고, 마을의 수호신이라 해야 될 것 같았다. 나무들이 천 년 넘어 자라는 동안 이 마을에는 아무 일도 없었던 듯, 그 자리 그대로 서 있었다. 그중 제일 큰 플라타너스를 박물관이라 했다.

수령이 1088년 된 나무의 밑둥치에 자연스럽게 생긴 커다란 구멍이 뚫어져 있었다. 허리를 굽혀 겨우 들어간 거기에는 탁자와 의자가 놓여 있었다. 1918년에서 6년 동안 신학교를 새로 짓는 동안 그 공간은 40명이 함께 공부를 한 신학교였다고 했다. 많은 사람이 들어가 앉기에는 비좁은 곳이지만, 이 마을에는 그때나 지금이나 나무 밑둥치가 제일 큰 공간이지 않을까 싶다.

아랫마을에는 가내공업으로 남자들은 예전 모습 그대로 팔릴 것 같지 않는 도자기를 굽고, 여자들은 실에 염색을 해 수를 놓고 있었다. 이 나라의 주식인 빵을 화덕에 구워 파는 집도 보였다. 이런 일들을 플라타너스가 자랄 동안 계속 이어져 오지 않았나 싶을 정도로 집들이 비좁고 허술했다. 우르꾸트에 사는 사람들의 눈빛은 순박함이 그대로 내비쳤다. 대도시에 가면 시간과 공간에 적응하느라 정신이 없는데, 여기에서는 마음이 편안하게 녹아내리는 느낌이었다.

사람들은 도시의 화려함과 편리함과 경쟁력까지를 동경하면서도 한편으로는 우르꾸트 같은 세상에 살고 싶은 마음을 갖고 있지 않는가. 각박한 도시에서 기계의 부품처럼 살아가는 도시인들은 우르꾸트로 가는 길은 꿈이자 희망이자 생각만으로도 위안이 되지 않을까 싶다. 나라가 칭기즈 칸의 침략으로 패망이 되어도, 티무르 왕조가 다스릴 때도, 러시아의 점령으로 소련공화국이 되어도 우르꾸트에는 아무런 변화가 없었을 것 같았다. 그곳은 인간의 본향과 같은 곳이었다. 잠시 현실을 벗어나 꿈의 세계에 온 느낌이 들게 했다.

떠나기 전날 수도인 타슈켄트로 새벽에 출발했다. 어둠이 서서히 걷히면서 지평선이 환해졌다. 떠오른 태양은 한 점 불덩어리로 강렬한 불꽃을 튀기며 타는 듯했다. 우리는 시간 속으로 흘러가고 태양은 우리와 시간을 따라 움직였다.

우즈베키스탄에서는 우리가 가고 싶은 곳에 가고, 우리가 먹고 싶은 음식을 먹었다. 긴장하지 않고 시간에 별로 구속받지 않아도 되는 여행을 했다. 다양한 문화의 체험과 곳곳의 지구와 익숙해지는 과정이 여행하는 즐거움이라면, 이번 여행은 그것에 충실했다 할 수 있다.

(2008)

젊은 날의 고뇌

직장에 다니는 막내 동서가 해산달을 맞아 친정에 내려간 지도 보름이 다 되어간다. 반가운 소식만 기다리던 어느 날 딸을 순산했다는 전화를 받고, 아빠가 된 시동생을 생각하니 그에 대한 감회가 새롭다.

막내 시동생은 고향에서 고등학교를 마친 후 서울의 큰형 집인 우리 집으로 올라왔다. 지방 학교에서는 성적이 좋은 편이었지만, 서울에 있는 대학에는 원서를 낼 만한 마땅한 곳이 없었다. 그래서 그해는 경험삼아 시험을 쳐보고 재수를 하기로 결정하였다.

그 후 그는 학원에서 열심히 공부에만 전념해 성적이 다달이 올라갔다. 평소에 꾸밈없는 그의 행동에 나는 시동생이라기보다는 격의 없는 동생처럼만 여겨져 뒷바라지하는 일에 전혀 힘이 들지 않았다. 오히려 성적이 눈에 띄게 오르는 시동생이 자랑스럽게만 생각되어 덩달아 신바람이 났다.

드디어 그해 12월이 되자 그는 원했던 학교에 자신 있게 원서를 제출했다. 예상대로 합격의 통지서를 받았다. 얼마 후 입학금을 내러 아버님을 모시고 그 대학에 갔을 때, 학교 건물을 바라보며 환하게 웃으시던 모습은 아직도 잊을 수가 없다.

그런데 대학에 들어간 시동생은 차츰 달라져 갔다. 귀가 시간도 일정치 않았고, 더구나 책을 가까이 하는 것 같지가 않았다. 가끔은 친구들을 집으로 데리고 와 자못 심각한 분위기에서 토론을 벌이며 밤을 새우는 날들도 있었다. 어쩌다 형이 충고의 말이라도 하면 그는 반항을 하기가 일쑤였다. 형과 형수 말이라면 언제나 달게 듣던 그전의 그가 아니었다.

2학년으로 올라가 얼마 되지 않아 시동생은 둘째 형의 집으로 짐을 옮겨 갔다. 마침 군에서 제대한 형과 같은 방을 써야 하는 불편함도 있었겠지만, 누구와 의논도 없이 혼자 내린 결정이었다. 시동생이 떠난 우리 집은 다시 예전처럼 조용해졌지만 눈에 보이지 않는다고 그에 대한 염려까지 없어진 것은 아니었다.

그러던 어느 날 시골에 계신 아버님한테서 연락이 왔다. 시동생이 다니는 학교의 교수가 시골까지 내려와, 아들을 빨리 입대시켜야 된다면서 서류에 도장을 찍어 갔다는 것이다. 아버님은 자세한 내용은 모르겠지만 아무튼 큰일이 벌어진 것은 틀림없다면서 걱정을 이만저만하지 않으셨다. 그 연락을 받고 우리는 급히 시동생을 사방으로 찾아보았으나 행방을 알 길이 없었다.

그 당시 시동생은 한창 고조되었던 학생 데모에 가담을 했던 것이다. 학생들의 시위에 규제가 심했던 10여 년 전의 일이라 우리 식구들은 최악의 상태를 떠올렸다. 집 주위를 맴도는 형사들을 보니 더욱 그런 생각이 들어 불안하기만 했다. 그러나 담당 교수를 만나 본 뒤에는 조금은 마음을 놓을 수가 있었다. 그 학교에서 데모를 주동하는 학생과 시동생은 같은 서클에서 활동을 하고 있는데, 그들은 앞으로 시위를 크게 벌일 계획을 세우고 있었다. 그렇지만 아직은 표면에 나서지 않았기 때문에 바로 입대만 시키면 아무런 문제가 되지 않는다는 것이었다.

여기저기 알아본 끝에 우리는 겨우 시동생을 찾아낼 수 있었다. 그리고 경찰서 근처에 있는 여관에서 형사와 얼마 동안 지내다가 그는 논산 훈련소로 갔다.

시동생은 대학에 들어가서 의식에 변화를 가져오게 된 것 같았다. 그는 그곳에서 친구들을 사귀고 가깝게 되자, 서로 집에도 찾아가곤 했던 모양이다. 그런 날은 나에게 친구네 집안 이야기를 들려주었다. 어느 친구네는 엄청난 부자라며, 그의 아버지가 무슨 일을 하는지 궁금해하기도 했다. 또 어떤 친구는 부모가 너무 고생을 하는 것 같다면서 동정 어린 이야기를 하다가 말고는 불쑥 사회에 대한 불만스런 말을 내뱉기도 했다. 그 무렵 그는 서클에 들어가게 되었는데, 거기에서 선배들이 권하는 대로 노동운동에 관한 책과 좌익사상에 대한 책을 읽게 된 것 같았다. 그들은 각기 그런 서적들을 읽은 후 모여서 토론을 해가며 심취하다 보니, 이 사회가 부조리 투성이로 보인 것이리라. 그리고 무엇보다 그들은 젊기 때문에 행동으로 자신의 생각을 나타내고 싶은 열정을 주체하기 힘들었을 것이라는 생각이 든다.

입대 후 최전방에 배치되었는데도 시동생은 염려했던 것과는 달리, 어려움이 많았을 군 생활에 잘 적응해 나갔다. 휴가를 나올 때마다 마음이 누그러지고 있음을 그와의 대화에서 느낄 수 있었다. 제대를 한 후 별문제 없이 복학을 했으며, 그때부터 사회를 보는 시각도 차츰 객관적으로 변해 가는 듯했다. 우리는 졸업을 할 때까지 안심이 안 되어 곁에서 조심스럽게 그를 지켜보아야만 했다. 그런 우리들의 염려가 그에게도 느껴졌는지, 그는 무사히 학업을 마치고 바라던 곳에 직장을 잡았다. 그리고 요즘은 딸아이 이름을 짓는 일에 고심하고 있는 평범한 아빠가 되어 있는 것이다.

어느덧 내 아들아이도 일 년 남짓 있으면 대학생이 되든가 사회에 나가게 된다. 가정과 학교라는 좁은 울타리 안에서만 생활하다가 그 아이가 사회에 나가 아무런 문제의식도 느끼지 않으리라고는 생각지 않는다. 그러나 아들은 시동생이 자란 환경과는 여러 가지로 다르다. 그 애는 시골이 아닌 도시에서 자랐고, 이 사회도 그동안 많은 변화가 있었다. 그러면 10여 년 전에 시동생이 바라보았던 것과는 또 다른 시각으로 사회를 보며 방황하게 되지 않을까. 아니면 어미로서는 생각지도 못했던 새로운 문제로 고뇌하게 되지는 않을까.

내 젊은 시절을 돌이켜보아도 그때는 잠시도 마음의 평정을 찾지 못했었다. 불확실한 미래와, 이성보다는 감성이 앞선 나머지 내가 나 자신을 믿지 못해 오는 불안 같은 것에서 헤어나지 못했다.

사람들은 누구나 지나간 젊은 시절을 그리워하며 살아가는 것 같다. 그것은 그 시절의 고뇌와 회의와 용기가, 가버린 젊음과 함께 아름다운 추억으로 우리들 가슴속에 남아 있기 때문은 아닐까.

시동생도 그때 그렇게 열정적으로 시위에 가담했던 것은 무슨 사상이 투철해서도 아니고 남달리 애국자여서도 아니었을 것이다. 젊었기에 가능했던 일이라 생각한다. 그도 이제 많은 세월이 지나면 젊은 날을 떠올리면서, 또 다른 모습으로 고뇌하는 젊은이를 바라보며 미소 짓게 될 것이다.

(1993)

터키의 여인 '눌'

아시아와 유럽을 넘나들 수 있는 이스탄불에서 터키의 첫 밤을 보냈다. 다음날 아침 일찍 버스를 타고 관광에 나섰다. 버스에는 터키 사람인 기사와 어제 인사를 나눈 한국인 안내인과 하는 일이 무엇인지 알 수 없는 터키 여인이 동행하고 있었다.

터키에서는 외국인에게 여행 안내원 '증'을 주지 않는다. 그래서 자국인으로 안내원 자격이 있는 사람을 여행 내내 동행해야 법에 걸리지 않는다는 것이다. 그 여인은 터키의 여행 안내원이었다.

비잔틴 건축의 최고의 걸작품인 성 소피아 사원을 관광하고 있을 때였다. 터키의 경찰이 한국 안내인 앞으로 다가와서는 정색을 하고 음성을 높였다. 그는 밖으로 나가 우리와 함께 있었던 터키 여인을 손으로 가리키고, 그 여인이 손을 들어 보이자 그 남자는 사라졌다. 혹시라도 터키 안내원을 동행하지 않고 있나 수시로 감시하고 있는 것이었다.

우리와 8일 동안 함께 할 터키 안내원은 45살로 지중해 근처의 '아나다'라는 도시에서 태어난 '눌'이라는 여인이었다. 성격이 어찌나 명랑한지 그는 늘 환하게 웃고 있었다. 키도 크고 몸도 뚱뚱했지만 행동과 걸음걸이는 무척 가볍게 보였다.

눌은 음악만 나오면 큰 엉덩이와 몸을 유연하게 움직이며 스텝을 밟았다. 그곳이 뷔페 식당이면 접시를 든 채로, 밥을 먹고 있을 때면 의자에 앉아서도 춤을 추었다. 짙은 화장에 화려한 색깔의 옷을 입고 몸을 육감적으로 출렁이며 춤을 추는 그녀, 눌이 있는 곳이면 어디든지 무대처럼 느껴졌다. 그 모습을 보는 우리들도 마냥 즐겁고 몸을 흔들고 싶은 충동이 일었다.

눌이 하는 일은 박물관이나 유적지에 들어갈 때 입장료를 미리 내고 표를 준비했다가, 우리에게 한 장씩 나누어주는 것이었다. 공식적인 일은 아니지만 그는 큰 일을 한 가지 하고 있었다. 눌이 나타나면 언제나 주위의 개와 고양이가 모여들었다. 터키에는 커다란 개들이 관광지에 자유롭게 돌아다니는데도 단속을 하지 않았다. 고양이도 마찬가지였다. 우리가 관광을 마치고 나오면 눌은 개와 고양이에게 둘러싸여 먹이를 주고 함께 놀고 있었다.

눌의 가방에는 동물에게 줄 간식과 사료가 가득 들어 있었다. 관광을 하러 버스에서 내릴 준비를 할 때, 그는 큰 가방에서 사료를 덜어 내곤 했다.

로마시대에 형성되어 매우 번창한 도시였던 에베소를 관광할 때였다. 여기저기 나뒹구는 대리석 기둥의 문양에서나 옛 영화를 찾아볼 수 있는 그곳에도 개는 유유자적 돌아다녔다. 눌이 입으로 이상한 소리를 내자 개들은 반가워 어쩔 줄을 몰라 하며 모여들었다.

에베소의 원형극장을 구경하고 나오니 석양이 지고 있었다. 무너진 대리석 조각과 기둥들이 넓은 들판에 가득했다. 그곳에 석양이 비치고 눌이 개들에게 먹이를 주며 등을 쓰다듬어 주는 모습이 보였다. 그 모습이 묘하게 어울렸는데 한 폭의 이색적인 그림을 보는 듯했다.

눌은 아무 걱정이 없어 보였다. 활달한 성격은 천성적으로 타고 난 듯했다. 그러나 눌은 간절한 소망을 안고 사는 여인이란 걸 알았다.

연하의 남편과의 사이에 아이가 없었다. 아이를 바라는 마음이 어찌나 애틋한지 몰랐다. 직업 때문에 남편과 가끔 만나 갖는 잠자리에 신경을 많이 쓴다고 했다. 이제 가임 기간이 얼마 남지 않았는데도 희망을 버리지 않고 있었다.

동물에게 먹이를 주는 일도 자기가 할 수 있는 정성으로 소망을 바라는 마음으로 시작했다는 것이다. 이제는 동물과 정이 들어 자식 같은 생각에 그만둘 수가 없다고 했다. 그런 이야기를 하는 눌의 표정이 잠시 쓸쓸해 보였다.

동서양을 막론하고 여자들은 출산 문제에 자유로울 수가 없는 모양이다. 조금 전까지만 해도 우리와는 다른 세상의 여자처럼 보여, 고민이라고는 없어 보였던 눌이 아니던가. 밝은 겉모습 속에 애틋한 염원을 품고 있는 그의 마음을 알고 나니 오히려 친숙하게 느껴졌다. 여자는 세계 어디에서나 똑같은 고민과 똑같은 생각에서 벗어나지 못하는 게 아닐까 하는 생각이 들었다. (2005)

토기 한 점

어느 기관에서 전통에 대한 강의를 한다기에 등록을 했다. 강의가 시작된 지 몇 주가 지나자 현장 학습으로 박물관을 관람하게 되었다. 견학하기 전에 미리 공부를 한 덕분인지, 그곳에 진열된 우리의 옛것 한 점 한 점이 여느 때와는 달리 뜻 깊게 다가왔다. 나는 박물관에 들르면 토기를 진열해 놓은 곳에서 한참을 서 있게 된다. 그것은 우리 집에 있는 토기를 박물관에 전시된 다른 것들 옆에 나란히 놓아 보는 상상을 하기 때문이다.

오래전에 시동생이 산을 개간하다가 이상한 덩어리를 발견했다. 심상치 않아 보인다며 그것을 나에게 보내주었다. 거기에는 흙이 잔뜩 묻어 있었는데 조심스럽게 씻어 내니 항아리의 모양이 드러났다. 겉에는 바늘로 살짝 누른 듯한 자국이 촘촘히 나 있고, 옅은 잿빛과 흙빛을 은은하게 띠고 있는 토기였다. 제 모습을 찾은 그것을 가까이 두고 바라보자니 토기가 있는 곳이면 어디라도 달려갔다던 오빠가 생각났다.

고등학교에 다닐 무렵, 우리 집은 아버지와 연세가 비슷한 사촌 오빠네 집 근처로 이사를 갔다. 그 집은 담 사이의 빈 터를 이용해 방을 하나 새로 들였는데, 그 방은 정원수에 가려 햇빛도 잘 들지 않았다. 겉으로 보기에는 마치 허드레 물건을 보관하는 창고처럼 보였다. 그런데 방문 고리에는 늘 커다란 자물쇠가 채워져 있어 몹시 호기심이 갔다. 오빠네 집에 들르게 되면 그 앞을 그냥 지나치지 못하고 문이 열려 있지 않나 눈여겨보곤 했다.

어느 날 드디어 오빠를 따라 그 방에 들어가 볼 수 있었다. 방문을 여니 곰팡내와 흙냄새가 확 풍겨 나오면서 내가 상상했던 것보다 훨씬 신비한 분위기가 감돌았다. 사방에는 진열대가 놓여 있고, 그 위에는 책에서나 보아왔던 골동품이 빈틈없이 얹혀 있었다. 접시 모양의 작은 것은 몇 개씩 포개어져 있어 그 개수는 짐작할 수 없을 정도였다. 그것들은 대부분 토기였다.

오빠는 그 물건들을 둘러보면서, 설날 아침에 우리에게 세뱃돈을 주며 웃던 그런 흐뭇한 표정을 짓고 계셨다. 그러고는 이것저것 만져도 보고 쳐들어도 보더니 이것들은 영원히 남게 될 것이라며 알 수 없는 말씀을 하셨다.

오빠가 골동품을 그렇게 모으게 되기까지는 어려운 일이 한두 가지가 아니었던 모양이다. 그중에서 많은 사람들이 알고 있는 이야기가 있다. 자유당 시절에 국회의원이었던 어떤 분과 오빠는 친분이 있었는데, 그 사람은 부와 권력을 마음껏 누렸다고 한다. 그런데 얼마 뒤 4·19혁명이 일어나자 시민들은 제일 먼저 그의 집을 공격하였다. 그렇게 되자 주인은 멀리 달아났고, 담 안에 있던 두 채의 집은 사람들의 손에 여지없이 부서져 끝내는 불길에 휩싸였다. 그때 오빠는 그 집에 들어가 많은 골동품을 가지고 나왔다고 했다. 그 일로 해서 오빠는 주위 사람들에게 좋지 않는 평판을 들었다. 그러나 오빠는 어떤 소유욕 때문이 아니라 그 물건이 누구의 것이든 훼손되어서는 안 된다는 신념으로 그런 행동을 한 것이리라 생각된다.

그 뒤 오빠의 허락을 얻어 몇 번 더 그 방에 들어갈 수 있었다. 나는 매번 그 방에서 색다른 분위기와 묘한 감정을 느꼈다. 지금 돌이켜보면 그 토기들을 보면서 내가 무엇을 생각했고, 그 방에서 풍기는 곰팡내와 흙냄새가 왜 싫지 않았는지 그 이유에 대해서는 자세히 모른다. 그러나 살아오면서 말로는 표현할 수 없는 그 방의 분위기가 문득 떠오른 적이 한두 번이 아니다. 그럴 때면 나는 골동품을 쉽게 구경할 수 있는 곳을 찾아 나서곤 했다. 그러던 중 우연히 내 손에 토기 한 점이 들어오게 되었으니 그 기쁨은 말할 수가 없었다.

오빠가 모은 토기는 시대와 출처가 밝혀진 것이지만, 우리 집의 토기는 그다지 대수롭게 보이지 않는다. 모양이 비뚤어진 것을 보면 어느 도공의 실패한 작품으로 버려진 것인지도 모를 일이다. 그렇지만 그 토기에도 조상들의 삶의 흔적이 배어 있어 어느 귀중한 것 못지않게 소중하다. 그 소박한 모습은 그 시대의 생활상을 그려

볼 수 있게 한다.

오빠는 돌아가시기 전에 그 방의 물건들을 대전의 어느 대학에 모두 기증을 하였다. 그 대학에서는 오빠의 호를 딴 박물관을 지어 여러 사람들이 볼 수 있게 해 놓았다. 사람은 갔어도 그 물건들은 오빠의 말대로 영원히 남게 된 것이다.

(1994)

연극배우

초겨울인데도 날씨가 따뜻한 봄날 같았다. 평창에서 펜션을 운영하는 분이 한 번 들렀으면 해서 시간을 내어 찾아갔다.

마당에 들어서니 집터를 높은 곳에 자리 잡아 하늘이 낮게 느껴졌다. 집 안에서 밖을 바라보니 멀리 스키장의 슬럼프와 산이 보여 전망이 시원했다. 주인이 직접 설계하고 지은 집답게 꼼꼼하게 손이 안 간 데가 없어 보였다. 펜션 방은 어지간한 호텔 수준으로 꾸며 놓았다. 마음에 드는 자재를 구하러 서울까지 다니며 정성을 들이느라 집 짓는 데 8개월 이상이 걸렸다고 한다.

1층에 있는 카페에 앉아 함께 간 일행들과 맥주와 차를 마시며 펜션에 관한 이야기를 나누었다. 탁자 위 바구니에는 사진이 담겨 있었다. 집들이할 때 찍은 사진 같았는데, 들여다보니 유명 TV 탈렌트의 모습이 여럿 보였다. 사진 속의 탈렌트와 집주인의 사이가 궁금해 물어보았더니, 후배라고 하며 예전에 그도 연극배우였다고 한다.

그는 안채로 들어가 스크랩한 노트와 연극 팜플렛을 잔뜩 들고 나왔다. 연극 포스터를 펼치는 순간 카리스마 넘치는 젊은이의 모습이 눈에 익었다. 사진 속의 그는 현재의 모습과는 너무나 달랐다. 지금은 부드러운 인상에 60대 중반의 평범해 보이는 외모라, 그에게서 연극배우의 흔적을 찾아볼 수가 없었다.

60년대 말에서 70년대를 그는 주연 배우로 이름을 날렸다. 그 무렵 히트한 연극은 전부 그가 주연이었고, 주인공으로 분장한 모습은 멋져 보였다. 국립극장에서 주연 배우로 누비던 그 시절을 스크랩한 기사를 보면서 이야기를 들었다. 연극 얘기를 하는 그의 모습은 좀 전과는 다르게 활기찼다.

'가교'라는 극단을 창단해 10여 년 동안 단장으로 있으면서 그는 연극에 젊음을 바쳤다. 그때 그의 밑에서 단역이나 조연을 한 배우들이 지금은 텔레비전에서 인기인으로 활동하고 있었다.

나는 그렇게 좋아했고 잘나가던 연극을 그만둘 수밖에 없었던 이유가 궁금했다. 그는 결혼을 하고 아이가 태어나자 돈이 되지 않는 연극을 더이상 붙들고 있을 수가 없었다. 연극계에서는 그가 떠나는 걸 만류했지만 자기가 하고 싶은 일보다 가장으로서의 책임이 먼저라 생각했다. 연극을 떠나 10년이면 어느 정도의 돈을 벌 수 있을 것 같았다. 그런 다음 연극계로 다시 돌아오겠다는 자신과의 약속을 하고 직장을 얻어 평범한 가장으로 가족을 부양했다 한다.

그 무렵 연극을 함께 했던 사람들이 TV에 나와서 연극을 하며 고생한 얘기를 들은 적이 있어 그때 분위기를 짐작할 수 있었다. 그는 계속 신문이나 잡지에서 주연 배우 시절의 활약상을 담은 기사를 보여주었다. 그 당시에도 TV에서 스카웃 제의가 있었지만 TV의 출연을 받아들이지 않을 정도로 연극만을 고집했다. 함께 연극을 했던 후배들도 고생을 감내하면서 TV에 출연을 하지 않았던 시절이었다.

연극을 떠나 10년이면 다시 연극을 할 수 있으리란 그의 생각은 빗나가고 말았다. 그 세월이 지나도 돈은 뜻대로 모아지지 않았고, 다시 무대에 서고 싶어 했지만 이미 그가 설 무대는 없었다. 연극으로 돌아가겠다는 처음의 결심은 생각뿐이었다. 그는 이런 모습도 괜찮지 않느냐며 두 손을 들어 보이며 큰 소리로 웃었다.

그의 너털웃음 속에는 허무함이 묻어 있었다. 아마 그가 탈렌트가 되었다면 최고의 배우로 대접받지 않았을까 싶다. 그런 모습을 보자니 한때 연극배우였던 그가 평생을 연극을 떠나지 못하고 있다는 느낌을 받았다. 지금까지 옆에 남아 있는 친구들도 연극을 함께 한 사람들이고, 그들과 만나 연극을 얘기하며, 연극을 떠나서도 그 속에 살고 있었다.

젊은 시절 한때, 그는 인생을 각본대로 움직일 수 있다고 생각하지는 않았을까. 수없이 거듭되는 연습 속에서 그런 착각을 할 수도 있었을 것 같은 생각이 든다. 인생이란 각본도 있을 수 없고, 단 한 번의 연습도 용납되지 않는다는 사실을 뒤늦게 알게 된 것은 아닌지 모르겠다.

연극배우였던 그가 자신이 살아온 삶에 한 가지 제목을 붙이라면 어떻게 답하게 될까. 내가 그의 얘기를 듣고 그에게 붙일 수 있는 키워드는 '평생 연극을 사랑한 사람'이었다.

(2004)

장래 희망

얼마 전에 30여 명 가까운 고등학교 동창들이 한자리에 모이게 되었다. 소도시에서 학창 시절을 보낸 우리는 그동안 서울서 살고 있었지만, 많은 인원이 모일 기회는 별로 없었다. 몇 명은 친하게 지내며 자주 만나는 사이지만, 졸업 후 처음 보는 친구는 한눈에 알아보기가 어려웠다. 서로 이름을 대고 특징을 대며 확인하느라 떠들썩했다. 그중에 직장에 다니는 친구도 여럿 있었고, 장래에 시인이 되고 싶었던 친구가 정말로 그 꿈을 이룬 모습도 볼 수 있었다.

고등학교에 들어간 지 얼마 안 되어 담임선생님은 우리에게 설문지를 한 장씩 나누어 주면서 빈칸을 채워서 제출하라 하셨다. 윗부분에는 부모의 직업 같은 가정환경을 살피기 위한 것이었고, 그 밑에는 학생들의 취미와 장래 희망을 묻는 난이 있었다. 나는 그 칸에 마땅히 써 놓을 것이 떠오르지 않아 막막하기만 했다. 그때 우리 반 아이들은 거의 나와 같은 심정이었는지 서로 넘겨다보고 쓴 것이 '현모양처'였다.

요즘 매스컴에서 전업 주부라는 말을 자주 쓰는데, 그것은 젊은 여성들 사이에서 주부도 당당한 직업으로 대접받아야 한다는 뜻이 담겨 있는 것 같다. 그러나 30여 년 전의 우리들은 그런 당찬 생각으로 그 말을 쓰지는 않았다. 여자면 당연히 가야 할 길이라 여겼고 어머니와 아내의 자리를 쉽게 생각해서 쓴 것뿐이었으리라. 나와 친구들은 처음에만 그 칸을 메우기가 어려웠지, 그다음부터는 별 생각 없이 '현모양처'라 썼다.

요새 아이들은 장래 희망으로 어떤 것을 생각할까 궁금한 마음이 들어, 고등학교에 다니는 딸아이에게 물어 보았다. 직업에 남녀 구분이 별로 없고 전문직을 선호하는 아이들이 많다는 것이었다. 나는 또 현모양처가 되겠다는 친구는 없느냐고 물었더니, 결혼을 하겠다는 아이도, 아이를 낳겠다는 친구도 없다고 한다. 그러면서 누가 그런 것을 희망으로 생각하겠느냐며 나를 이상한 듯이 바라보았다. 우리가 그 애만할 때는 대개 현모양처가 자기가 갈 길이라고 생각하지 않았던가.

부모가 장래 아이에게 시키고 싶은 직업이 있다면, 그 아이가 어릴 때부터 그 일에 관한 이야기를 자주 들려주면 효과가 있다고 한다. 실제로 그렇게 키운 아이가 부모가 바라던 직업을 자연스럽게 갖게 되는 확률이 높다는 내용을 읽은 적이 있다. 내 생각에도 아이들 적성을 일찍 발견해 키워주면, 나중에 아이가 그 일을 하게 되었을 때 성취감을 더 많이 느낄 수 있을 것 같다.

내가 어릴 때 어머니는 우리 자매들이 어느 만큼 자라면 결혼해서 지켜야 할 기본 도리와 행실을 수시로 들려주었다. 그때 우리는 그 소리가 달갑지 않아 귀담아 듣지 않았다. 그러나 며느리로서 어미로서 어려움을 겪게 되었을 때는 그 말들이 은연중에 많은 도움이 되곤 했다. 건성으로 들었던 여인의 덕목들이 지금까지 잊혀지지 않고 가슴속에 남아 있어 생활의 기반이 되고 있다.

세월 따라 현모양처도 글자가 뜻하는 그대로의 것보다는 현실에 맞게 변하고 있는 듯하다. 지금 누가 나에게 희망이 무엇이냐고 묻는다면, 이제는 가족이 원하니 예전처럼 현모양처로 다시 말하게 될 것 같다. 그러나 갈수록 어려운 일이 그것이 아닌가 싶다. 아이들에게 좀 더 자상하게 대해 주고 싶지만, 늘 마음뿐이지 행동은 그렇지가 못하다. 아이들이 자라면 어미의 마음도 넓어져야 하고, 남편이 사회적으로 지위가 올라가면 아내도 따라서 걸맞는 생각을 하고 행동을 해야 되니, 그런 것이 어찌 말처럼 쉬운 일이겠는가.

더구나 사람의 인격과 성격 형성은 대부분 부모 밑에서 이루어지고, 나이가 삼십이 넘으면 각자 가지고 있는 본성을 바꾸기는 어렵다지 않은가. 요즘 친족간의 범죄가 날로 늘어가고 있는 것도 가정의 불화가 그런 끔찍한 사태까지 일어나게 하는 것 같다. 그러니 현모양처의 소중함은 아무리 강조해도 지나치지 않을 듯하다.

동창들과 점심을 먹고 각자 자기의 가족을 소개하는 시간을 가졌다. 나는 특별한 개성이나 재주가 없어 장래 희망을 현모양처라 썼던 나와 비슷한 친구들을 둘러보았다. 남편이 회사의 중역으로 있다가 사표를 던진 후, 평생 꿈이었던 목사가 되겠다고 신학교에 입학했다는 친구는 그 뒷바라지를 아끼지 않겠다고 했다. 또 다른 친구는 먼 데에 있는 시댁 대소사에 한 번도 빠져 본 적이 없었다는데, 그런 것이 복이 되었는지 아들이 착해 학교에서 모범상을 받아와 엄마를 기쁘게 했다고 한다.

같은 학교의 교사로서 만나 결혼한 친구는 끝내 남편을 대학교수로 만들기도 했다. 그들은 디자이너나 시인이 된 친구처럼 현모양처가 되기 위해 부단한 노력을 한 것이 눈에 보였다. 자기 가족을 소개할 때 뿌듯해하는 친구들을 보면서, 그들이야말로 이 사회를 건강하게 지탱해 주는 원동력이 아닐까 하는 생각이 들었다.

나는 요즘 딸아이에게 고전 같은 이야기로 들릴지 모르지만, 현모양처의 소중함을 새삼스레 들려주고 있다.

(1995)

종점이 있는 동네

버스 종점이 있는 동네로 이사를 했다. 그런 동네는 주로 변두리에 위치해 있고, 도로변에는 노점상이 즐비하고, 거리는 늘 북적대는 것 같다. 우리 동네도 예외는 아니어서 한적한 아파트 단지를 벗어나면, 사람들이 많이 오가며 거리의 어디선가 유행가도 흘러나오는 듯하다. 15년 동안 살았던 그전 동네와는 분위기가 많이 달라 아이들이 적응이 잘 안 되는 듯하지만 나는 오히려 사람 사는 것 같아 싫지가 않다.

우리 집에서 북쪽으로 난 창을 통해 밖을 내다보면, 가까이에 동네가 있고 그 둘레엔 길게 뉘인 산등성이가 넘실대는 것처럼 보인다. 그래서 언젠가 읽었던 송순의 시조 "강산은 둘 데 없으니 둘러두고 보리라"라는 구절이 떠오르곤 한다. 또 버스 종점이 보이는데, 새벽녘에는 오십 대가 넘는 버스가 줄을 지어 서 있다가 아침이면 몇 대만 남아 있다. 어쩌다 한밤중에 내다보면, 사방이 어두운데 한

두 대의 버스에서 차창으로 불빛이 새어 나오는 모습은 밤 기차가 연상되어 마음이 설레기도 한다.

종점 근처에 살다보니 편한 일도 있다. 남편은 젊은 시절에 술에 취하면 자는 버릇이 있다. 그래서 버스나 전철을 타면 종점에서 기사가 깨우는 바람에 일어나, 되돌아온 적이 한두 번이 아니었다 한다. 그 버릇을 아들이 닮았으니 걱정 한 가지는 던 셈이다. 나도 외출에서 지친 몸으로 버스를 타도 종점에서 내리면 되니 신경 쓸 일이 없어 마음이 한결 편하다.

우리 동네에서 출발하는 버스는 전에 살던 동네를 지나간다. 그곳에서 살 때는 버스 앞부분에 써 있는 종점이 있는 동네가 나하고 상관이 없을 것 같아 생각조차 해 본 적이 없었다. 그저 집 앞을 지나다니는 버스가 어디서 와서 어디까지 가는지도 모르고 바쁘게 타고 내릴 뿐이었다.

이제는 다르다. 늘 출발하는 지점에서 타게 되니 여유가 있어 승객들에게도 관심이 간다. 내가 탈 때는 세 명이 함께 탔는데, 한 정거장 가서 서너 명이 더 타고, 다음 정거장에서 몇 명이 더 타고 이렇게 가다보면 금방 차 안이 만원이 되고 만다. 어느 중년 여자는 대중교통을 이용하기에는 걸맞지 않는 차림새를 했다. 화려한 액세서리와 옷차림이 어디 중요한 모임에라도 가는 것 같다. 그 옆에서 있는 남자는 행색이 초라하기 이를 데 없어 바라보기에도 민망할 정도다. 좁은 버스 안이라 두 사람의 모습이 더욱 두드러지게 눈에 띈다. 이렇게 전혀 다른 모습도 한 공간에서 자연스럽게 어울리는 곳이 대중교통이 아닌지.

그러고 보니 차 안이 사회를 축소해 놓은 듯하다. 승객들의 직업도 다르고 살아가는 모습도 다른 사람들이, 같은 버스를 타고 어디를 향해 가는 것일까. 저 사람들은 이 차가 어디서 와서 어디까지 가는지 알고 있을까. 아마 예전의 나처럼 그런 쓸데없는 것에는 관심도 없이 타고 내리는 일에만 신경을 쓸 것 같다.

우리네 인생도 그와 비슷한 것 같다. 사람들은 처음 세상에 태어났을 때의 모습이 같고 이 세상을 떠나는 모습도 같다. 그런데 그런 것을 생각하고 사는 사람이 몇 명이나 있을까. 인생에서 종점이 어디인지 의식을 하고 살면 쓸데없는 욕심을 부리는 사람도 없을 것이고, 남보다 돈이 많다고 남보다 많이 안다고 우쭐대지도 않겠고 모든 일에 너그럽지 않을까. 그렇지만 출발점과 종점을 잊어버리고 사는 게 인생이 아니겠는가.

어느 인생 상담자는 살면서 어떤 일로 극한 상황을 맞이하여 세상을 하직하고 싶을 때, 벽제에 있는 화장터에 가보라고 권한다 했다. 거기에는 애쓰지 않아도 누구나 가는 삶의 종점이 있기에, 현재의 생각에 반전을 가져오리라 여겨진다.

우리 동네 버스 정류장에서 출발하는 버스에 서너 명 정도가 타고, 돌아올 때도 서너 명이 내린다. 정해진 코스를 한 바퀴 도는 동안 버스 속에서 무슨 일이 있었는지 알 수가 없다. 늘 똑같은 모습으로 출발하고 똑같은 모습으로 돌아올 따름이니까.

(1999)

| 5부 |

겨울 이야기

겨울 이야기

꽁꽁 언 호수

드디어 집 앞에 있는 호수가 꽁꽁 얼었다. 겨울이 시작되면 호수가 금방 얼 것 같은데 그렇지가 않았다. 그 깊은 물이 얼려면 영하 10도의 날씨가 열흘 정도는 계속되어야 한다니 한파가 몰아쳐야 된다.

얼음을 밟으며 호수의 중앙으로 가 본다. 얼음 아래로 맑은 물이 비친다. 따라오던 강아지가 발 아래 물을 보더니 무서운지 꼼짝 않고 끙끙거리기만 한다. 물이 깨끗하고 날씨가 추운 탓에 얼음이 유난히 미끄럽다. 넘어지지 않으려고 몸을 사리며 간신히 호수의 중간 지점까지 간다. 거기에 서서 주위를 휘둘러본다. 사이다를 마신 듯 싸한 바람이 가슴속으로 파고든다.

호숫가에서 호수를 바라보던 때와는 달리, 이제는 내가 호수의 일부분이 된 기분이다. 지금 누가 호숫가에서 나를 본다면 중간 지점의 점 하나로 보일 것 같다. 집에서 늘 바라보는 호수였는데 호수에서 집을 바라보니 마음이 일렁거린다. 우리 집에서 또 다른 내가 호수 위의 나를 바라보고 손짓하는 것 같은 착각이 든다.

우리 집에서 호수를 내려다볼 때는 여기가 이렇게 넓게 느껴지지 않았다. 호수에서 집을 바라보니 호수는 한없이 넓고 우리 집은 자그마하게 보였다. 집을 둘러싼 산도 아득하게 느껴졌다. 호수 주위로 겹겹이 펼쳐진 산이, 흐린 날씨 탓인지 너울거리는 듯하다. 상상도 못한 아름다운 풍경이다.

내친 김에 우리 집에서 바라보기만 했던 호수 건너편의 동산까지 가 보았다. 호수가 얼지 않았으면 가 볼 생각도 못 했을 곳이다. 그곳에 서서 반대편에 있는 우리 집을 바라보았다. 성냥갑을 쌓아 놓은 것 같은 모양의 집이 진짜 성냥갑처럼 보였다. 늘 우리 집이 주인공이고 주위의 자연은 우리 집을 아름답게 받쳐주는 것으로 생각했는데, 지금 보니 호수와 산이 주인공이고 우리 집은 소품에 지나지 않았다. 그것도 자연의 흐름을 막는 소품이지 않는가.

다시 호수를 가로질러 걸어오며 생각했다. 내가 몸담고 있는 곳을 떠나서 그곳을 바라보아야 그 실체를 알 수 있다는 사실을.

얼음낚시

며칠 전에 시동생의 가족이 놀러왔다. 그는 짐을 내려놓고는 아이들을 데리고 호숫가로 나갔다. 꽁꽁 언 호수를 분주하게 왔다 갔다 하더니 눈을 쓸어 내고 구멍을 뚫고 낚싯줄을 던졌다. 아이들은 썰매를 타며 고기 잡는 주변을 맴돌았다. 그렇게 얼마가 지나자 물고기를 제법 많이 잡아 왔다.

어제는 친구 부부가 몇 명의 친구들과 우리 집으로 놀러 왔다. 몇 사람은 등산을 가고 몇 명은 낚시를 하겠다고 호수로 나갔다. 비디오카메라 크기의 어군 탐지기를 가지고 물 밑의 동정을 살피더니, 꽁꽁 언 호수에 구멍을 뚫고 자리를 잡았다. 장비가 좋아 구멍을 쉽게 뚫었다.

친구 남편은 사전에 준비를 철저히 해, 고기를 많이 잡을 것 같은 생각이 들었다. 며칠 전 시동생은 별 준비 없이도 꽤 잡았으니, 이번에는 수없이 많이 잡을 것 같아 찌개도 끓이고 튀겨두 머을 준비를 했다.

호수에서 낚시하는 모습을 집 안에서도 한눈에 볼 수 있다. 그래서 틈틈이 내다보니 자꾸 자리를 옮겨 다녔다. 잠시 후 다시 내다보니 또 다른 곳에 구멍을 뚫고 있었다.

시간이 한참 지나자 친구 남편은 고기 잡는 것을 철수하고 집으로 돌아왔다. 그는 한 마리밖에 잡지 못했다며 빈 바구니를 들고 머쓱하게 웃었다. 참으로 이상했다. 낚시를 잘하는 사람이 한 마리밖에 잡지 못했다니 이해가 되지 않았다. 더구나 어군 탐지기까지 가지고 있지 않았는가.

그는 물 밑의 고기를 탐지기로 알아보고 고기를 좇아다녔다. 그래서 좋은 장비로 구멍을 쉽게 뚫을 수 있으니 자꾸 옮겨 다닌 모양이었다. 시동생은 한 번 뚫은 구멍에서만 낚시를 했다. 한 곳에서 계속 낚시를 하니 고기가 그곳으로 서서히 몰려든 것 같았다.

친구 남편은 자리를 자꾸 옮기니 고기가 모여들 시간을 주지 못한 것 같았다. 탐지기로 확인된 고기도 쿵쿵거리며 구멍 뚫는 소리에 놀라 멀리 도망을 간 것이리라.

두 개의 책장

아버지가 얼마 전에 병원에서 퇴원을 하셨다. 그래서 요즘은 아버지에 대한 생각을 많이 하게 되지만 마음같이 자주 찾아뵙지는 못하고 있다.

며칠 전 외출했다가 일을 일찍 끝내고 친정에 들렀다. 어머니는 출타중이시고 아버지는 운동을 하신다며 마루에서 서성이고 계셨다. 오랜만에 조용한 분위기에서 집 안을 찬찬히 둘러보았다. 방 안의 물건들은 예전 그대로였지만, 지금은 그 위에 고적함을 한 꺼풀 이고 있었다. 아버지가 아끼시는 책장에 꽂힌 책들 위에는 더욱 그런 느낌이 드는 것이었다.

친정에는 두 개의 책장이 있다. 작은 것은 안방에 놓여 있고, 큰 것은 마루에 있는데 그것의 자리는 늘 변함이 없다. 안방의 책장에는 아버지가 강의를 하거나 연구하시는 데 필요한 서적들이 가득 꽂혀 있었다. 그 책들은 대부분 아버지의 전공 분야인 화학에 관한 것으로 표지가 영어와 일어로 된 두꺼운 것들이다. 그중에 원소와 원소를 섞으면 반응이 구름처럼 일어나는 현상을 천연색 사진으로 찍어 놓은 책이 있다. 어릴 적에 그 아름다운 사진을 들여다보는 것이 좋아 그 책을 몇 번이나 들추어 보았었다.

아버지는 얼마 전까지만 해도 돋보기를 쓰고 그 책들을 읽으며 연구에 여전히 열의를 보이셨다. 그러나 지금은 의사의 충고대로 책을 거의 보지 못하고 계신다.

나는 마루로 나와 큰 책장에 가득 꽂혀 있는 책들을 훑어보았다. 가장 먼저 눈에 띄는 것은 내가 첫 봉급을 타고부터 월부로 들여놓았던 『세계명작전집』이었다. 초록색으로 된 표지가 많이 퇴색되어 있어 지나간 세월을 말해주는 것 같았다. 두 권으로 된 조이스의 『율리시즈』는 읽기가 힘이 들어 첫 페이지는 아마 다섯 번은 더 읽은 것으로 생각된다. 기어이 읽어 보겠다는 오기로 몇 달 동안 그 책과 씨름했던 젊은 날의 내 모습이 떠올랐다.

맨 윗칸에는 우리 형제들이 틈틈이 읽어보라며 아버지가 사다 놓은 『사서삼경』이 보였다. 그 책은 우리가 보기에 알맞게 풀이해서 쓴 것이라 자주 빼내어 읽곤 했다. 또 우리 마음이 방황할 때 많이 읽었던 『철학 전집』에는 때묻은 손자국이 그대로 묻어 있었다.

그 책들을 죽 훑어보다가 셋째 칸에 꽂혀 있는, 표지가 유난히 낡은 다섯 권으로 된 전집이 눈에 들어왔다. 그것은 『한국수필문학전집』이었다. 나는 반가움에 그 책을 빼들고 안방으로 들어갔다. 아버지가 사범학교에 선생으로 계실 적에 산 것이라고 기억을 더듬으셨다. 그렇다면 내가 초등학생 때였으니 꽤 오래된 책이었다. 이 책을 언제 읽어보기는 했겠지만 그때는 지금처럼 책장을 넘기며 이렇게 가슴이 설레지는 않았으리라.

제5권에는 생존한 분들의 글이 수록되어 있었다. 지금까지 좋은 글을 많이 발표하시는 분의 글도 있어 무척 반가웠다. 수필을 공부하면서 나는 그분의 글을 자주 대하는데, 예나 지금이나 간결하고 함축성 있는 문장은 마찬가지였다.

아버지는 자식들에게 자상한 분은 아니셨다. 집 안에서는 책만 들여다보며 우리가 무슨 일을 저질러도 크게 벗어나지 않는다 싶으면 못 본 척 넘어가셨다.

내가 초등학교에 다닐 때 아버지는 근무하시는 학교 도서관에서 『소공녀』와 『알프스 소녀』와 같은 책들을 빌려 오곤 하셨다. 그때 우리 형제들은 아버지가 가져다주시는 명작 동화나 위인 전기보다 만화책 보기에 더 열심이었다. 그 시절 우리 집과 먼 친척 되는 사람이 만화 가게를 하고 있었는데, 우리가 동전 한 닢만 가지고 가도 만화책을 한 보자기나 싸 주었다. 형제들은 그 만화책을 보느라 숙제를 못 해 간 날도 종종 있었다. 아버지는 우리가 밤늦도록 만화를 보는 것을 모르시지는 않았겠으나, 그 일로 아버지께 꾸중을 들었던 기억은 없다.

아버지가 대학으로 직장을 옮긴 것은 내가 중학교에 들어가던 해였다. 그 무렵 아버지는 월급의 대부분을 연구비로 충당하였기에 우리 집 살림은 늘 넉넉지 못했다. 그러나 독서에 대해서만은 부족함을 모르고 자랄 수 있었다.

몇 해 전에 어머니는 필요 없어 보이는 책들을 정리해서 버리려고 했던 모양이다. 아버지는 시집간 딸들과 분가한 아들들의 전공 서적과 앨범, 누렇게 바랜 단행본들을 하나도 못 버리게 하셨다. 그 책과 앨범을 받은 우리들은 그동안 그 귀한 것들을 잊고 지낸 게 이상하리만큼 기뻐했다.

아버지는 가족을 돌보는 일보다 학문 연구에 더 몰두하셨기에 자식들과도 가까이 할 시간이 없으셨다. 그런 아버지가 어린 우리들에게는 무척이나 섭섭하게 비쳐질 때가 많았다. 그러나 안방에 있는 많은 책들을 볼 적마다 우리는 아버지에 대한 존경심을 남몰래 키우곤 했다.

아버지가 직장을 그만두시고 시작했던 사업이 실패를 했을 때도 우리 형제들이 오랜 역경 속에서 바르게 자랄 수 있었던 것은, 바로 두 개의 책장에 꽂힌 책들 덕분이라는 생각이 든다. 그것은 아버지의 자존심이자 우리 형제를 지켜주는 힘이기도 했던 것이다.

자식이 부모의 마음을 헤아리기가 이렇게 힘이 드는 것일까. 그동안 나는 자식에게 물질적인 풍요를 주지 못한 것만 서운해하지 않았던가. 그러나 두 개의 책장을 말없이 지키신 아버지가 더없이 자랑스럽고 고마운 마음이 들기까지는 오랜 세월이 흐른 것이다.

(1992)

놋그릇

그동안 시부모님이 모셔 오던 제사를 지난해부터는 우리가 맡아 지내게 되었다. 맏이인 우리 집에서 첫 제사를 지내기 전에, 어머님은 상자 하나를 인편으로 보내왔다. 그 속에는 향로와 술잔 같은 제기가 들어 있었는데 모두 유기그릇이었다. 그 제기들은 지금껏 시댁에 드나들면서 무심코 보아 왔던 것들이나 이제는 그전의 느낌과는 사뭇 다르게 다가왔다. 그 그릇에 배어 있는 연륜과 경건한 분위기가 전해지면서, 앞으로 일 년에 몇 차례씩 지내야 하는 제사가 내 소관이 된 것을 실감할 수 있었다.

어릴 때 친정에서도 겨울철에는 놋그릇을 썼는데, 지금까지 생각나는 것은 어머니가 수시로 닦으시던 모습이다. 그릇이란 그릇은 모두 꺼내 놓고 기왓장을 빻은 가루를 볏짚에 묻혀 정성스레 닦으셨다. 나는 요즘 냄비 하나도 윤나게 닦지 못하는데, 어머니는 그 힘이 어디서 나왔던지 많은 그릇을 얼굴이 비치게 닦아 놓으셨다.

언제부터인지 스테인리스 그릇이 눈에 띄기 시작했고, 놋그릇은 차츰 보이지 않게 되었다. 일제가 놋그릇을 공출했을 때는 온갖 수모를 당하면서까지 지켜오지 않았던가. 그런 것을 사람들은 새로 나온 스테인리스 그릇 앞에서는 무너져 내려 서슴없이 바꾸어 버렸다. 유행 따라 없애 버린 놋그릇이 이제는 우리가 살아온 모습의 한 부분을 담고 골동품 가게의 구석 자리에 정물처럼 놓여 있다.

요즘도 놋그릇을 쓰는 집이 있는지는 알 수 없지만, 천안에 있는 어느 기업체의 연수원에서는 식기로 유기그릇을 쓰고 있다는 이야기를 들었다. 옛 그릇을 다시 쓴다는 의미도 있겠지만, 밥 한 그릇이라도 제대로 된 데 담아 먹으면 먹는 사람의 마음가짐도 반듯하게 가다듬어질 것 같아 좋은 발상이란 생각이 들었다.

오래전에 들은 얘기지만 내 친구가 아이들 밥을 공기에다 담아 주는 것을 시어머니께서 보고는 크게 노하셨다 한다. 사내아이는 커다란 주발에다 밥을 담아 먹어야 생각도 크게 갖고, 자라서 큰 인물이 되는 법이라며 친구를 나무랐다는 것이다. 그런 생각은 우리 어머니 세대의 뿌리 깊은 생활 습관이 아니었나 싶다.

언젠가 텔레비전에서 유기그릇을 만드는 과정을 보여준 적이 있었다. 장인 정신으로 그릇을 만드는 사람을 화면에 가득 차게 영상화시킨 장면이 매우 인상적이었다. 그 사람의 표정은 바로 진지한 예술가의 모습과 조금도 다름이 없었다.

어머님이 물려주신 그릇도 자세히 살펴보니 예술적인 감각을 느낄 수 있었다. 저마다 모양새와 분위기가 독특했다. 밥그릇은 주발

이고 국그릇은 대접이라고만 알고 있었는데, 어머님은 모양에 따라 다르게 부른다고 하셨다.

밑면은 넓은데 위로 올라가면서 좁아지는 나지막한 밥그릇은 '유지'라 하고, 아래 위 둘레는 같은데 중간 부분에 배가 불룩 나온 것은 '옥바리'라고 했다. 또 키가 크고 아래 부분이 동그스름하게 배가 나온 것은 '주발'이라 한다는 것이다. 대접도 밥그릇 모양새에 따라 조금씩 다르다는 것을 어머님으로부터 듣고 알았다.

지난번 제사 때 제기를 꺼내 놓고 보니 광택도 흐릿해지고 파르스름한 녹까지 끼어 있는 게 아닌가. 어머님이 주실 때와는 너무나 다른 모습으로 변해 있었다. 그것들을 바라보고 있자니 이상하게도 부끄러운 생각이 들었다. 누가 볼세라 황급히 그릇을 닦기 시작했다. 오래 닦으니 그릇이 뽀얗게 제 빛깔로 돌아오는 듯 했지만, 녹은 생각처럼 쉽게 닦여지지 않았다.

계속 닦고 또 닦다 보니 불현듯 내 마음속에도 이런 녹이 슬어 있지 않았을까 하는 생각이 드는 것이었다. 분수에 맞지 않는 욕심, 남을 향한 미움, 뉘우침이 없는 잘못, 이런 것들은 눈에 보이지 않아서 매일매일 그 녹의 두께가 더해 가도 모르고 지내는 것은 아닐까.

녹이 슨 그릇을 닦는 일이 곧 내 마음을 닦는 일이라도 되는 양 나는 팔에 힘을 주었다. 마음도 정성을 들여 닦으면 이렇듯 본래의 빛깔을 찾을 수 있을까. 어머님은 내게 놋그릇을 물려주면서 어쩌면 이런 큰 뜻도 바라셨는지 모를 일이다.

(1993)

저자도와 토성

우리 동네는 앞으로는 한강이 흐르고, 뒤로는 봉은사와 학교 건물에 따른 녹지가 많다. 그래서 근처의 다른 동네보다 비교적 한적하다 할 수 있다.

지난 휴일, 강남구 삼성동에 있는 봉은사에 갔다. 그곳은 우리 집에서 걸어 다닐 수 있을 만큼 가깝다. 한가한 날이면 가족들과 봉은사로 산책을 가곤 한다. 그럴 때마다 사찰을 증축하기 위해 여기저기 쌓아 놓은 자재들로 고즈넉해야 할 절의 분위기를 느낄 수 없어 아쉬운 마음이 든다.

남편은 자기가 대학에 다닐 적에는 한강에서 나룻배를 타고 이 절에 놀러 오곤 했는데, 그때는 이 근처가 한적한 시골이었다고 한다. 아이들과 나는 그런 말을 들을 때마다 아득한 옛날이야기를 듣는 것 같아 실감이 나지 않았다.

그 날은 절을 한 바퀴 돌아보고, 경기고등학교 옆길을 따라 집으로 가는 길이었다. 그런데 봉은사와 학교 정문 중간쯤에 유난히 반질거리는 대리석이 나지막하게 서 있는 게 눈에 띄었다. 거기에는 '삼성리 토성'이라는 글자가 위쪽에 크게 씌어 있고, 그 밑으로는 자잘한 글씨가 새겨져 있었다.

백제는 건국 초에 지금의 경기도 광주인 한산에 도읍을 정하고, 고구려와 신라에 대항하여 한강 유역을 확보하는 데 많은 힘을 기울였다. 그래서 이곳 옛 삼성리 일대에서 뚝섬 맞은편까지 한강이 내려다보이는 구릉을 따라 토성을 쌓았다. 그 토성이 최근까지 남아 있었으나 강남 지역이 개발되면서 지금은 그 흔적을 찾아볼 수 없게 되었다는 안타까운 내용이 씌어 있었다. 그 표지석에 씌인 글을 읽고 아이들과 나는 놀란 표정으로 주위를 두리번거렸다. 혹시나 토성의 일부라도 어디 있지 않을까 하는 생각이 들었기 때문이다.

이 동네에서 짧지 않은 세월을 살고 있지만 어디에고 역사를 느낄 만한 것은 없는 듯했다. 그런데 역사는 이곳에도 존재했고, 유적지에나 가야 볼 수 있는 토성이 우리 동네에 있었다니 믿어지지가 않았다. 지난 해 저자도(楮子島)에 대한 이야기를 알고 났을 때도 지금과 같은 느낌을 받았다.

집이 강남에 있어 강북으로 가려면 한강을 건너야 한다. 그럴 때면 언제나 강물은 유유자적 흐르고 강에서 불어오는 바람은 모습과 느낌이 다르다. 동호대교에서 한강을 내려다보면 물 위에 흙이 오롯이 솟아 있는 것을 볼 수 있다. 어떤 때는 새들이 떼를 지어 앉아 있기도 하고, 어떤 때는 흙과 자갈이 그대로 드러나 삭막하게 보이기도 했다. 그런 모습을 바라볼 때마다 물 한가운데 그곳에만 흙이 솟아 있는 것이 궁금하게 여겨졌다. 차를 타고 그 다리를 지날 적엔 일부러 차창 쪽으로 시선을 돌려 그곳을 눈여겨 보곤 했다. 그러던 어느 날 궁금증을 풀어 주기라도 하듯 거기에 대한 기사가 신문에 났다.

압구정동과 옥수동 사이에는 한때는 35만 평에 이르는 섬이 있었다. 그곳에는 닥나무가 많아 저자도(楮子島)라 불렸고, 60년대까지 그 모습이 또렷이 남아 있었다 한다. 옛날에는 강심에 있는 섬이 경관도 빼어나 왕실의 놀이터와 별장지가 되기도 했던 모양이다. 그러던 것이 70년대에 들어 강남이 개발되면서 아파트를 짓느라 저자도에서 골재를 채취하다 보니 그 섬이 아예 사라져 버렸다.

그런데 세월이 흐르니 퇴적 작용이 일어나 90년대에 들어서부터는 그 섬이 조금씩 솟아오르기 시작했다. 이제는 면적이 백여 평으로 늘어나 재갈매기와 왜가리 같은 철새가 수백 마리 서식하면서 옛 모습을 되찾아 가고 있다는 것이다.

그 기사를 읽고 사람들이 없애버린 저자도가 다시 솟아오른다니 신기하기도 했지만, 한편으로는 자연의 힘에 두려운 생각마저 들었다. 지금은 풀 한 포기 없는 섬이지만, 그 옛날에는 왕이 많은 신하를 거느리고 한가히 거닐었던 곳이고, 곳곳에 별장까지 있었다니 믿기가 어려운 일이었다.

어제는 우리 집에서 조금 떨어진 은행에 들렀더니, 그 뒤편에 있는 저층 아파트를 헐어내고 있었다. 멀쩡한 건물을 20년이 되었다고 철거를 하고 있었다. 어쩌면 내가 살고 있는 강남은 오래된 것을 거부해 과거는 없고 현재만 존재하는 것은 아닐까 하는 생각이 들었다. 그래서 전통을 모르고 역사를 잊은 젊은이들이 미래보다는 오늘을 즐기기 위해 이곳으로 많이 모여드는지도 모른다.

어느 건축가는 사람들이 살 만한 도시는 자연과 유적을 최대한 보존한 곳이라고 하지 않았던가. 저자도와 삼성리 토성은 더 나은 삶을 영위하기 위해 도시를 개발하면서 사라졌다. 더 나은 삶이란 대체 어떤 환경에서 이루어지는 것일까.

최첨단 시설을 갖춘 빌딩과 고급 호텔이 밀집해 있는 강남을 둘러보면서, 그리 오래지 않은 옛날에 토성이 길게 둘러쳐져 있었고, 한강 한 가운데 아름다운 섬이 있었다는 것을 사람들은 상상이나 할 수 있을까. 가만히 눈을 감고 그 광경을 그려보기만 해도 더할 수 없이 마음이 푸근해진다.

(1997)

호수

장마의 기세가 대단하다. 비가 아니라 하늘에서 물을 뿌리는 것처럼 빗줄기가 굵다. 호수는 수문을 고치느라 물을 뺀 상태였는데, 호우로 하루 만에 물이 가득 차 버렸다. 호수 주변에 한창 윤택해 보이던 풀들이 물속에 다 잠겨 버렸다. 비에 젖은 학 두 마리가 소나무에 앉아 차오르는 물을 내려다보고 있는 모습이 처량해 보인다. 그래도 비는 그칠 줄 모르고 내린다. 우산을 쓰고 빗속을 걸어가자니, 길가에 핀 야생화가 비에 흠뻑 젖어 풀이 죽어 있다.

호수는 양쪽의 계곡 물이 모여서 생겼다. 오른쪽으로는 청계산에서 내려오는 큰골과 작은골이 있고, 왼쪽으로는 산이 높지 않아 계곡이라고 하기엔 골이 깊지 않는 큰 개울이 있다. 이렇게 폭우가 쏟아지는 날은 산마다 골마다 엄청난 양의 물이 내려온다. 큰골에서는 폭우가 쏟아지면 매번 다리가 유실될 정도로 많은 물이 계곡을 휘돌아 호수로 들어온다. 이럴 때 계곡 가까이에 가 보면 물이 무서울 정도로 굉음을 내며 호수로 돌진한다.

호수는 두 팔을 벌리고 있는 모양을 하고 모든 물을 받아들이고 있다. 우리 집에서는 그런 호수가 한눈에 내려다보인다. 비가 억수로 내려도 호수를 바라보고 있으면 마음이 가라앉는다. 계곡의 물이 성난 황소처럼 달려오다가 호수로 진입하면 조용해진다. 아무리 비가 와도 수면은 크고 작은 파문만 일으키는 것처럼 보이고, 땅에 퍼붓는 빗소리 때문에 그 소리는 들리지 않는다. 그래서 호수는 늘 조용하다.

호수의 물이 빠지는 게 우리 집에서는 보이지 않지만 지나가다 보면 대단한 기세로 내려가고 있다. 호수로 들어오는 물도 빠져 나가는 물도 무서운 힘으로 움직이는데, 호수의 물은 조용한 가운데 수위가 올라가고 내려간다. 화난 물줄기를 달래주는 듯이 보인다.

집 앞의 호수는 주변에 야트막한 산들이 있어 아름답다. 산이 물을 감싸 안고 있어 계절마다 변하는 산의 모습 따라 호수의 느낌도 다르다. 호수는 하늘도 산도 껴안을 줄 안다. 녹음이 짙은 여름에는 호수의 물빛은 녹색이다. 비가 나뭇잎을 씻어 호수로 내려 보내는지 산과 호수의 물빛이 같아 보인다. 호수는 주위의 녹음까지도 받아들인 모양이다.

가을이 되면 어느새 하늘을 닮아 있는 호수의 물빛을 만나게 된다. 하늘에 구름이 떠다니면 호수에도 구름이 떠 있다. 하늘에서 구름이 움직이면 호수에도 구름이 움직인다. 크지 않는 호수가 하늘까지 품어 버린다. 가을날의 단풍은 잔칫날처럼 화려하고 짧지만, 그 아름다운 빛깔이 물 속에도 있다. 호수는 시시각각으로 변하는 주위를 안을 따름이지 그 자체만으로는 변하지 않는다.

겨울이면 철새가 날아와 물살을 가르며 제집인 양 까불어 댄다. 새들은 저희들끼리 좋아도 싸움을 해도 같은 소리를 내며 키득거리지만 호수는 아무런 반응이 없다. 그래서 언제 바라보아도 마음이 편하다. 호수는 물을 영원히 품고 있는 게 아니라 내보낼 줄도 안다.

그런 호수를 닮은 사람은 없을까. 평소에 그런 분은 말이 없을 것 같다. 어떨 적엔 말을 못 하는 분 같기도 하지만, 그렇다고 생각이 없어 보이는 분은 아니다. 누구와 잘잘못을 따지지 않고, 어지간한 것은 시간이 흐르면 밝혀지리라 여길 분이다. 그 앞에서 부담 없이 아무 이야기를 해도 그분은 빙그레 웃을 것만 같다.

포용력은 호수 같을 분이다. 그렇다고 힘이 없는 것이 아니라 속으로 감추고 내보이지 않을 뿐이다. 그 힘으로 큰일을 처리하는 모습은 언제나 뒷끝이 없이 깔끔하다. 받아들이고 내보내는 일을 소리 없이 조절해, 누가 봐도 편안해 자꾸 보고 싶은 그런 분이 어디 없을까.

집 앞의 호수는 오늘도 아무 변화가 없어 보인다. 바람 한 점 없는 날 호수를 바라보면 너무나 잔잔해 돌이라도 던지고 싶어진다. 그러나 아무 일 없어 보일 뿐이지 한시도 쉬지 않고 들어오는 물을 받아들이고 또 그만큼 내보내기를 끊임없이 반복하고 있다. 그런 큰일을 하고 있지만 늘 평온할 수 있는 호수를 사랑하지 않을 수가 없다.

(2007)

중국에서 물건 사기

놋쇠로 된 골동품을 드디어 200원에 샀다고 딸아이가 전화를 했다.

얼마 전에 북경에 사는 딸아이 집에서 한 달 정도 지냈다. 아이가 사는 동네가 외국인이 많이 사는 초고층 아파트 단지였다. 그 아파트 단지와 다른 아파트 단지 사이에 길이라기보다 널찍한 공터가 길게 나 있었는데, 그곳에 매일 새벽 시장이 열렸다.

새벽 6시경에 상인들이 모여들어 오전 10시쯤이면 파장이 되었다. 그 규모가 남대문 시장의 노점상을 방불케 했고 사람들도 엄청나게 많이 모였다. 넘쳐나는 물건들은 풍요로웠지만, 팔고 있는 상인들의 고단해 보이는 삶은 그렇지가 않아 보였다.

골동품을 파는 노점도 몇 군데 있었다. 골동품을 파는 노점 앞에는 늘 사람들이 웅성거리며 모여들었다. 나도 그것에 관심이 있어 기웃거리며 구경을 하기 시작했다.

놋쇠로 된 그릇이 내 눈에 들어왔다. 품격이 있어 보이며 무게감도 느껴지며 꽤 오래된 것 같았다.

중년을 넘긴 상인에게 값이 얼마냐는 시늉을 했더니 휴대폰으로 350이라고 찍었다. 중국에서 물건을 살 때 어떻게 흥정을 해야 하는지 대강 들어서 알고 있었던 터라, 나는 휴대폰을 받아 200을 찍었더니 그는 손사래를 치며 완강하게 거부했다. 그 물건을 200위안에 살 수 있으면 사고 싶었다. 중국은 위안을 원으로 부르고 있었다.

놋쇠 그릇을 어떻게 하면 200원에 살 수 있을까를 딸아이와 궁리를 했다. 우리 얘기를 듣고 있던 사위가 내가 외국인이라 값을 많이 부른 것 같다며, 자기 사무실에 있는 여직원을 보내 200원에 사오게 하겠단다. 그 다음 날 여직원이 가니 400원을 부르며 300원까지 주겠다고 했다 한다.

일주일이 지난 뒤 딸아이와 그 앞을 지나가다가, 그애도 물건이 괜찮다며 값을 물어 보았다. 이번에는 450원을 부르는 게 아닌가. 같은 물건을 가지고 사람마다 값을 다르게 말하니 사고 싶은 마음이 사라지고 말았다. 가짜투성이에 물건 값이 제멋대로인 중국이지만 거리를 내다보면 거대한 힘이 느껴졌다.

한국으로 돌아와 한 달쯤 지난 뒤, 그 놋쇠 그릇을 200원에 샀다는 전화를 받은 것이다. 어느 날 사위가 그 앞을 지나다가 그 물건이 눈에 띄어 값을 물었더니 450원을 부르더란다. 사위는 다짜고짜 200원에 달라고 단호하게 한마디를 던지니 그냥 싸 주더라고 했다.

상인 한 사람을 봐도 그 나라의 국민성과 수준을 짐작할 수 있을 것 같았다. 물건을 찾는 사람마다 값을 다르게 부르는 제멋대로인 가격을 어떻게 이해해야 할까. 중국인과 거래를 한다거나 사업을 해서 성공하기가 여간 어렵지 않다는 말을 물건 하나 사면서 실감을 했다.

우리는 시간은 걸렸지만 내가 원하는 가격에 물건을 사고 보니 대단한 일을 해낸 기분이 들었다.

(2007)

봄은 늦게 가을은 일찍

창밖으로 보이는 풍경이 며칠 사이에 가을빛이 역력하다. 짙은 녹음의 기세가 아침저녁으로 싸늘한 기운에 맥을 못 추고 변해 가고 있다. 우리 마을은 벌써 가을이라 해도 좋을 것 같다. 서울의 여름은 길다. 그곳의 나뭇잎들은 늙은 퇴기의 얼굴빛을 하고도, 늦여름이라는 이름으로 단풍이 들 생각도 하지 않고 있다.

내가 사는 곳은 서울에서 북쪽으로 1시간 가량 떨어져 있다. 높은 산이 마을 뒤편에 있고, 호수가 앞쪽에 있어서인지 계절의 느낌이 서울과는 사뭇 다르다.

이른 봄에 미사리 변을 지나가다 보면 실버들가지에 연둣빛 어린 잎이 조롱조롱 달린 듯한 모습을 보게 된다. 그때마다 탄성이 절로 나오지만 차를 타고 지나게 되니 그 느낌마저도 지나쳐 버리고 만다.

그 무렵 우리 집 앞의 버드나무 잎은 마른 가지인 채 잎을 틔울 생각도 하지 않고 있다. 그렇지만 뒤늦게 나온 여린 잎을 만져도 보고, 새잎을 따 입에 넣고 보드라운 것끼리 만나게도 해 보며 봄을 진하게 느껴 보곤 한다. 늘어진 버드나무 가지가 작은 바람에도 한들거려 호숫가의 커튼 같다는 생각도 해 본다.

서울을 자주 오가는데, 아침에 나갔다가 저녁에 집에 오면 그날은 우리 마을과 완전히 다른 계절을 느끼고 올 때가 많다. 올봄에도 TV에서 벚꽃 축제가 한창이라고 하는데, 우리 집 앞의 가로수인 벚나무는 봉오리가 약간 봉긋한 정도였다. 그래서 성급한 마음에 봄을 일찍 만나러 꽃구경을 다른 곳으로 미리 다녀왔다.

매스컴에서 벚꽃 이야기가 잠잠해지면 우리 마을은 온통 벚꽃으로 환해진다. 그러니 대부분의 지역에서 봄꽃이 지고 나서야 우리 집 정원의 꽃들이 피기 시작한다. 뒤늦게 피는 봄꽃이 야속하지만 바람나 집 나갔던 낭군이 돌아온 심정이 이럴까? 반갑고 귀하기 짝이 없다.

목이 빠지게 기다려지는 봄과는 다르게 맞이할 채비를 할 틈도 없이 가을은 우리 곁에 성큼 와 있다.

한여름의 무더위를 견디느라 뻣뻣해진 나뭇잎들이 어느 날 울긋불긋한 옷으로 서둘러 갈아입고, 나긋한 모습을 하고 우리 앞에 다가와 있다. 그때쯤 되면 아침저녁의 기온차를 도저히 몸으로 이겨 낼 수 없을 정도로 확실해진다. 더더욱 예쁜 옷으로 갈아입기에 바빠진 나무들은 하루가 다르게 변해 간다.

우리 마을의 은행나무는 일 년에 한 번 입어 보는 화사한 노랑색

옷을 오래 걸쳐 보지도 못하고 벗어야 하고, 벚나무와 단풍나무도 아름다운 붉은 옷을 빨리 벗어야 한다. 예고도 없이 서리가 내리기 때문이다. 서리는 한 번만 맞아도 화려한 나뭇잎의 윤기가 없어지고 볼품없이 오그라들게 된다. 싱싱한 풀들과 농작물도 서리 한 번 내리고 나면 파김치가 되어 버린다.

우리 마을이 겨울 빛을 띠고 있을 때 서울에는 가을이 그대로 있다. 서울은 요즘 가을이 점점 더 오래 지속되는 것 같다. 아직 이곳은 예전과 다름없이 씨 뿌리는 시기와 거두어들이는 시기에 변화가 없다고 들었다.

늦게 와서 기다리는 절절함이 있는 봄과 일찍 와 빨리 가버리는 안타까운 가을이 있는, 내가 사는 이곳을 사랑한다. 두 번 피는 꽃이 없으니 좀 늦게 피는 것도 나쁘지 않다는 생각이다. 봄과 가을의 절경을 짧게 만나야 하는 아쉬움은 있어도 그 아름다움을 가까이에서 가슴 깊이 느낄 수 있지 않은가.

서울을 드나들면서 하루 사이에 두 곳의 너무 다른 계절의 차이를 느끼는 것도 또 다른 삶의 맛이라고 할 수 있다. 나이가 들어감에 따라 감성이 무디어지게 마련인데, 이렇듯 마음을 흔드는 봄과 가을을 일 년에 두 번씩이나 만나고 살자니 그럴 사이가 없을 것 같다. 일 년에 봄 두 번, 가을을 두 번 느끼며 사는 복을 나만이 은밀히 즐기고 있으니 그것 또한 괜찮은 듯하다.

(2007)

올가미

짐승 우는 소리가 들렸다. 소리가 들리기 시작한 게 밤이 으슥해서인지, 더욱 애처롭게 가슴을 파고들었다. 크게 울부짖다가 애타는 신음 소리로 변해 끊어질 듯 이어졌다. 2층에 있는 침실의 창이 뒷산을 바라볼 수 있게 나 있어, 산에서 나는 작은 소리도 잘 들을 수 있다. 숲 속에서 대체 무슨 일이 일어난 것일까. 생전 처음 들어보는 소리라 무슨 짐승인지 짐작조차 가지 않는다.

겨울이라 먹이가 없어 배가 고픈 짐승이 집 가까이 내려와 울부짖는 것일까. 시간이 지날수록 울음소리에 힘이 빠져 처절한 신음소리로 변했다. 깊은 밤이라 숲 속의 상황이 궁금해도 두렵고 무서운 생각에 꼼짝도 할 수가 없었다. 잠을 자는 둥 마는 둥 날이 밝았다.

시골 생활에서 한 가지 좋은 점은 새소리를 들으며 잠을 깨는 일이다. 오늘 새벽에는 한 마리의 새도 울지 않았다. 동네 사람들과 최악의 경우를 대비해 몽둥이를 하나씩 들고 산으로 올라갔다.

몇 년을 이곳에서 살면서 뒷산이 우리에게 참으로 많은 것을 줌을 느낀다. 아름다운 새들의 보금자리도 그 숲이고, 여름이면 시원한 바람을 우리 집으로 내려 보내 주는 곳도 그곳이다. 남편은 매일 아침 개를 데리고 뒷산으로 등산을 한다. 겨울이 지루해 뒷산으로 올라가면 눈 속에서 봄꽃이 소롯이 돋아나고 있다. 그 산에는 온갖 야생화가 여기저기에 함초롬히 피어 있고, 나물로 먹는 산야채도 많이 난다.

숲 속에는 작은 개울이 흐른다. 개울은 보기만 해도 동심으로 돌아가게 만든다. 처음 보았을 때엔 낙엽과 나무 등걸이 널브러져 있었다. 그것들을 주워내고 자그마한 옹달샘을 만들었다. 개울의 물이 산에서 흘러 내려오기도 하지만, 흙 속에서 보글거리며 올라오기도 했다. 주변의 돌로 담을 쌓듯 물을 막으니 누구라도 와서 목을 추겨도 될 만큼 깨끗한 물이 천천히 고였다.

옹달샘 주변에는 하늘말나리도 피고 동자꽃도 피었다. 그 꽃들을 처음 발견했을 때를 생각하면 지금도 가슴이 설렌다. 낮이 긴 여름이면 자주 그 숲에 들른다. 아무리 더운 날도 숲 속에는 바람이 지나가는 게 보인다. 옹담샘에 발을 담그고 나뭇잎 사이로 보이는 하늘을 쳐다보며, 그냥 좋아서 혼자 히죽거리며 웃기도 한다. 더 깊이 들어가면 다래 넝쿨이 다른 나무를 휘감고 올라가고, 고비가 소복이 나 있는 둔덕도 만난다. 이렇듯 아름다운 산 속을 지금은 두려운 마음으로 올라가고 있다.

산으로 들어가니 가까운 곳에 이웃집에서 키우는 하얀 개 한 마리가 서 있었다. 평소에 그 개도 뒷산이 좋은지 자주 들락거렸다.

우리는 개를 보고 아래로 내려가라는 시늉을 했다. 그리고 개를 지나쳐 더 올라가려는데, 어젯밤에 들었던 신음 소리가 바로 등 뒤에서 들렸다. 깜짝 놀라 뒤를 돌아보니 하얀 개가 겁먹은 눈동자로 우리에게 무슨 말을 하려는 듯 신음 소리를 내며 서 있었다. 다가가 보니 몸통이 철사에 감겨 있고, 그 철사 줄은 나무에 고정되어 있어 개가 움직일 수가 없었다. 철사 줄을 풀어주니 쏜살같이 산 아래로 내려갔다.

대체 누가 여기에 올가미를 놓은 것일까. 비록 하룻밤이지만 공포에 떠는 개의 신음 소리를 들어보지 않고는 그것이 얼마나 큰 잘못인지 알지 못하리라.

뒷산이 깊고 높지는 않아도 큰 산인 청계산과 이어져 토끼와 노루가 살고 있다. 등산을 하다보면 산토끼가 뛰어다니는 모습을 볼 수 있고, 이따금 새벽이나 밤이면 노루가 저수지의 물을 먹으러 내려온다. 토끼와 노루를 잡기 위해 쳐 놓은 올가미에 개가 걸려든 것이다. 뒷산은 자연이 자연스럽게 어우러진 평화로운 곳이 아니었던가.

평화로우면서도 순수하고, 아름다우면서도 자연스러운 숲에서 들려오는 짐승의 신음 소리는, 그것들이 한순간에 깨어지는 느낌이 들었다. 그 소리는 사람에게만 들리는 공포의 소리는 아니었을 것이다. 그 산에 보금자리를 틀고 사는 많은 동물들도 개의 신음 소리를 듣지 않았을까. 그들도 나와 같은 생각을 하며, 당분간은 두려운 마음으로 숲 속을 돌아다닐 것만 같아 안타깝기 그지없다.

(2006)

맷돌

지금은 잘 모르겠으나 예전의 청계천과 황학동 골목에는 골동품을 파는 가게들이 즐비하게 늘어서 있었다. 거기에는 값비싼 골동품도 있었지만, 나는 옛 선조들이 생활 도구로 썼던 물건들을 구경하는 것이 재미있었다.

요즈음 시골을 다니면서 보면 그때 골동품 시장에서 보았던 물건들이 빈집과 함께 버려져 있는 것이 눈에 띈다. 버려진 것은 주로 그들 생활의 일부분이었던 것이고, 또 그들이 살아온 역사라고도 할 수 있는 오래된 물건들이다. 그것을 버리고 떠나야 했던 사람들의 마음은 어떠했을까. 사람은 가고 물건만 남겨진 데는 우리가 알지 못하는 사연이 많을 것 같은 생각이 든다.

지난해 명절을 쇠러 시골로 내려가는 길에 또 다른 빈집을 발견했다. 국도변에 붙어 있는 그 집은 반은 허물어져 있고 담도 흔적만 남아 보기에 매우 추연한 생각이 들었다. 그러나 집 뒤곁 장독

대에는 정갈한 맷돌과 갈색 빛이 도는 오래된 듯한 큰 독 두어 개가 무너져 가는 집과는 다르게 가지런히 놓여 있었다.

얼마 전에 시골에 갈 일이 생기자 그때 본 맷돌 생각이 났지만 여태까지 있을 것 같지가 않아 애써 미련을 갖지 않으려 했다. 그러나 헛일삼아 그 빈집을 다시 찾아가 보았다. 흔하지 않은 빛깔에 겉이 매끄럽지 않아 더욱 옛날 냄새가 나는 독은 아쉽게도 조각이 나 있었다. 그렇지만 맷돌은 그대로 거기에 있어 잃어버린 물건을 찾은 듯 반가운 마음으로 집으로 가져왔다.

대부분 외국 품종의 꽃나무로 정원을 꾸며 놓은 베란다에 맷돌을 놓았다. 겉돌지 않을까 했던 염려와는 달리 보기 좋게 어울렸다. 화초에 물을 줄 때 맷돌에도 물을 끼얹으면, 물을 먹어 선명하게 돋보이는 맷돌에 생명이 있는 듯한 착각이 들어 놀라곤 한다. 그것은 맷돌을 만든 사람이 돌의 결을 살려 혼신의 힘을 다해 만들었기에, 그 사람의 정성이 나에게까지 전해 오는 것이리라.

한가한 날에 맷돌을 바라보고 있으면, 할머니와 어머니가 마주 앉아 어머니는 정성스럽게 맷돌을 돌리시고 할머니는 불은 콩을 한 숟갈씩 떠 넣으시는 모습이 환상으로 보이는 듯하다. 놋쇠 숟가락이 맷돌에 부딪히는 소리도 들리는 것 같고, '서그렁서그렁' 낟알의 콩이 한데 어울리면서 돌아가는 소리도 들리는 듯싶다.

맷돌의 위아래 짝의 복판에는 쇠가 박혀 있는데, 그것을 중쇠라 하고 위짝의 것은 암쇠, 아래짝의 것은 숫쇠라고 한다니 재미있는 발상이다. 그래서 그런지 맷돌을 보면 부부의 사랑을 생각하게 된다. 사랑이란 내용물을 맷돌에 많이 넣으면 위로 넘치고 모자라면 아래짝 위짝이 서로 상하게 되니, 넘치지도 모자라지도 않게 하는 것이 진정한 부부의 사랑이 아닐지.

한 가정도 맷돌의 위아래 짝이 여유 있게 맞듯이 부부의 뜻이 맞고 수고함이 없이는 맷돌이 돌아가지 않듯이 행복을 얻기 위해서는 가족들의 힘과 노력이 필요할 것 같다.

요즘은 우리 생활에서 맷돌이 잊혀져 가고 있다. 맷돌이 멀어져 가는 만큼 우리의 생각도 쉽고 편한 것들만 좇고 있다. 베란다에 장식품처럼 놓여 있는 맷돌이기는 하지만, 그 맷돌을 바라볼 때마다 많은 생각이 그 속에 어우러져 돌아가는 것 같은 느낌이 들곤 한다.

(1990)

도시의 잔영

위에서 아이들이 쿵쾅거리며 뛰어다니는 소리가 들린다. 사방에서 차 소리가 나고, 사람들이 떠드는 소리도 난다. 낮잠이 살포시 들었는데 그런 소리가 어수선하게 들리는 것이다. 그런데 눈을 뜨니 주위가 조용하고, 창문 밖으로 푸른빛이 보이지 않는가. 아, 그 소리는 환청이었나 보다.

결혼 후, 서울에서만 살다가 얼마 전에 시골로 이사를 왔다. 아직은 내 잠재의식이 이곳 생활보다 서울 생활에 익숙해서인지 눈만 감으면 도시 생활의 연속이다.

저녁이면 서울에서 하던 것처럼 다음날 어떤 약속이 있는지 챙기게 된다. 누구와 어디에서 몇 시에 만나는지 정확히 알아야 하기에 꼼꼼하게 챙긴다. 시골에 오고부터는 사소한 약속은 하지 않아 서울로 나갈 일이 많지 않다. 그래서 여기가 서울이 아니라는 걸 알고는 금세 마음이 편안해진다. 도시 생활에서 시간의 노예로 얼마나 긴장을 하고 살았으면 그 습관에서 쉽게 벗어나지를 못하고 있는 걸까.

서울에서 살 때는 창문만 열면 사람들이 바삐 움직이는 소리가 들렸다. 그 소리를 들으며 아파트에 혼자 가만히 있으면 사각의 공간에 갇혀 있다는 느낌이 들 때가 많았다. 남들은 바쁜데 나만 한가하면, 뒤처지는 느낌이 들어 나도 바쁘게 움직이는 척이라도 해야 될 것 같았다. 그렇듯 별일 없이도 바쁜 곳이 도시가 아닌가 싶다.

늘 마음이 한가한 이곳에서는 혼자 있어도 혼자가 아니다. 문을 열면 모든 게 살아 있고 그것들은 나를 반긴다. 나무는 바람에 일렁이고, 그 사이로 다람쥐와 새들이 나다닌다. 호수에는 물새 떼가 물을 차면서 장난을 치고, 물고기는 수면 위로 튀어올라 존재를 알린다. 하찮은 잡초도 언젠가는 꽃을 피우며 활짝 웃는다. 있는 그대로 보여주고, 있는 그 자리에서 말을 건네 온다. 주위의 모든 게 살아 움직이는 모습이 그지없이 아름답다.

우리 집 마당과 이어진 밭에는 배추와 무가 하루가 다르게 자라는 게 눈에 보이는 듯하다. 씨앗을 뿌린 지 얼마 되지 않아 흙 위가 파릇파릇했다. 그 모습을 처음 본 나는 놀라움에 소리를 질렀다. 그 뒤부터는 매일 자라는 모습이 보였다. 싹이 흙을 밀치고 솟아 나오더니 두 개의 떡잎으로 갈라지고, 그 줄기에 또 다른 잎이 돋아나는 게 아닌가. 이제는 제법 배추 꼴이 다 되었다. 그것들이 침묵 속에서 자라는 게 대견했다. 생명이 있지만 절대로 소리를 내지 않는다.

살아 있는 것이 시골보다 많지 않는 곳이 도시다. 흙도 숨을 쉴 수 없게 시멘트로 덮여 있고, 위세 당당하게 서 있는 높은 건물들도 생명이 없다. 죽어 있는 것들이 움직이며 소리를 낼 뿐이다. 그 소리들이 귀를 갖다 대야 들을 수 있는 자연의 작은 소리들을 집어삼켜 버린다.

도시에서는 사람들도 모든 걸 말을 함으로써 알린다. 가만히 있으면 바보 취급을 받기가 일쑤다. 내남없이 가지고 있는 것을 알려야 한다. 그래서 시끄럽다. 소음은 너와 나를 단절시킨다. 내가 무슨 말을 해도 네가 잘 알아듣지 못한다. 한참을 돌아다니다 집에 오면 정신이 멍하다. 그렇다고 침묵이 대접받는 곳도 못 된다.

그러나 여기 생활은 그렇지가 않다. 자연과 함께 지내는 생활에 말이 필요 없다. 자연은 살아 있지만 조용하다. 언제나 조용한 가운데 변화하며 움직인다. 변화라는 큰일을 하면서도 소리를 내지 않는다. 나는 시골로 오고부터 정신이 이완되는 것을 느끼고 있다.

혼자 산책을 나가면 생각이 자유로워 정신이 풍요로워진다. 나무도 돌도 물도 나를 위해 있는 것만 같아 바라보기만 해도 행복하다. 그것들과 대화를 나누지만 소리는 나지 않는다.

조용한 가운데 평등하게 살아가는 그곳에 내가 있으면, 내가 남을 보듯이 나를 볼 수 있다. 나를 들여다보니 부끄러운 게 여간 많지 않다. 여태까지 어디서 어떻게 살았기에 마음에 분칠을 덕지덕지하고 있었을까. 우선 그것부터 벗겨 내는 일을 해야 될 것 같다. 자연 앞에서는 사람을 차별하면 안 된다. 사람은 그냥 사람으로 분류될 따름이니까.

몇 년이 지나면 이곳 생활에 싫증이 나고 도시 생활이 그리워질 지 모른다. 창문만 열면 쏴 하고 나는 자동차 소리와 웅성거리는 사람 소리를 그리워하게 될지 모른다. 그러나 아직은 도시의 잔영이 나를 괴롭히고 있다.

(2002)

도시인

지금 살고 있는 동네로 이사를 한 것은 80년대 초였다. 그때는 우리가 사는 아파트 주위에 공터가 많았고, 16차선의 도로에는 차가 그다지 많이 다니지 않았다. 그 대로변에 연한 공터에는 가건물들이 여러 채 들어서 있었다. 검도장과 갈비집은 번듯하게 잘 지어 놓아 처음에는 가건물이 아닌 줄 알았지만, 유리를 파는 가게와 화원은 한눈에 빈 터를 임시로 이용한 가게라는 것을 알아보았다.

여러 가게 중 내가 자주 드나든 곳은 금붕어와 관상용 화초를 파는 화원으로, 시골에서 올라온 듯한 부부가 운영하는 곳이었다. 단독 주택에 살다가 아파트로 이사를 오니, 할 일이 반으로 줄어들어 집안 꾸미는 일에 눈을 돌린 것도 그즈음이었다. 그래서 화초를 하나 둘 사기도 하고 돌확에다 금붕어를 기르기도 했다. 금붕어는 활기찬 놈을 사 와도 며칠이 지나면 움직이는 모습이 힘이 없어 보이고 비늘이 떨어지기도 했다. 그럴 때면 나는 그 화원으로 달려가 그 부부에게 붕어의 상태를 말하고 처방을 얻어 오곤 했다.

화초는 금붕어처럼 예민하지는 않지만 그것도 손쉬운 일은 아니었다. 화초 가꾸는 데 기본 상식조차 없었으니, 조금만 이상해도 화분을 들고 화원엘 달려갔다. 그러면 그들은 화초에 무엇이 부족한지 금방 알아보고 그에 따라 적절한 방법을 일러주었다.

우리 집은 동향인 탓에 잘 자라던 화초도 겨울을 나고 나면, 잎이 시들해지거나 듬성듬성 떨어지기도 해 볼품이 없을 뿐 아니라, 그런 것은 봄이 되어도 전과 같이 자라지 않았다. 그래서 그다음 해부터는 겨울이 깊어지면 한 달 정도는 화원에 아예 맡겨 놓았다. 여러 개의 화분이 그곳에 있을 때는 외출했다 돌아오는 길에 일부러 들러, 나무를 들여다보기도 하고 꽃집 여자가 한가하면 대화를 나누기도 했다. 그러면 흙냄새와 함께 고향 사람 같은 부인의 인정이 온실 안에 가득 찼다.

몇 년이 지나자 주위의 가건물과 빈 터가 하나둘 없어지고, 그 자리에 크고 작은 빌딩들이 들어서기 시작했다. 화원 옆에 있는 공터에도 건물이 들어서게 되자 꽃집에 붙어 있던 온실이 없어지고, 작은 화분과 생화만 팔 정도로 조그마한 가게가 되고 말았다. 그 무렵 나는 화초 키우는 것이 시들해져 화원에 드나드는 일이 줄어들었다.

그 후 몇 해가 지난 어느 날 보니 화원이 있었던 그곳에도 건물이 들어서고 있는 것이 아닌가. 십여 년을 족히 들락거렸던 화원이 어디로 옮겨 갔는지, 마땅한 곳을 구하지 못해 가게 문을 닫지는 않았는지, 궁금한 마음만큼이나 골조가 높이 올라가 있었다. 그곳에 건물이 완성된 것을 쳐다보며, 화원에서 있었던 일들을 생각하니 아주 오랜 일을 떠올리는 느낌이 들었다.

큰 슈퍼가 있는 이웃 아파트 단지의 상가에 이따금씩 들른다. 그 상가 맞은편에 구두 수선 점포와 이어져 있는 아주 작은 꽃집이 있다. 그 주인이 예전의 대로변에서 화원을 하던 부인이라는 사실을 안 것은 얼마 되지 않았다. 그 뒤부터 나는 가끔 그곳에 들렀다. 꽃집 부인의 눈길과 표정은 어딘지 모르게 그전과는 많이 달라 보였다.

며칠 전에는 집 안에 관엽식물이라도 들여놓을 생각으로 꽃집에 들렀으나, 마땅한 것이 없어 주문만 하고 돌아왔다. 다음날 주문한 화분을 갖다 놓지 않아 그곳에 있는 것 중에 두 개를 골라 샀다. 일주일쯤 지나자 한 화분의 화초가 잎이 시들해지는 게 상태가 좋지 않아 보였다. 그래서 중병이 들기 전에 손을 써볼 생각으로 화분을 들고 꽃집에 갔다. 내가 가게에 들어서자 부인은 대뜸 그걸 가지고 오면 어떡하느냐며 버럭 화를 냈다. 내가 잘못 관리해 그렇게 되었으니 바꾸어 줄 수 없다는 것이다. 내 말은 들어보지도 않고 그런 말을 하는 부인의 일그러진 표정을 보자 당혹스러웠지만 그에게 내 생각을 전했다. 그래도 그의 표정은 그대로였다.

그는 분명 예전에 푸근한 인정을 베풀던 그 사람인데 그 마음은 어디로 갔을까. 다 죽어가는 하찮은 화초도 우선 정성을 다해 살려 주던 사람이었는데 무엇이 그를 저토록 변하게 했을까.

매년 소득이 늘어나도 살아가기가 힘이 드는 것이 도시의 생활이다. 해마다 화원은 작아지고 수입도 줄어드는 생활에서 꽃집 부인인들 순박한 마음을 그대로 간직하기가 어렵지 않았을까. 아니면 모든 것은 상대적이기 때문에 그 가게에 드나드는 우리 동네 사람들의 각박해진 인심이 그를 변하게 하지는 않았을까.

어쩌면 달라진 꽃집 부인이 실은 도시인의 모습은 아닌지 모르겠다. 그리고 나도 모르게 변해가는 내 모습은 아닌지.

(1998)

한 편의 수필

미국에 갔다가 캐나다를 여행하게 되었다. 여행객의 짝이 맞지 않아 한국에서 온 안내자와 방을 함께 썼다. 낮에는 하는 일이 많은 그와 말을 나눌 기회가 없지만, 밤이면 이런저런 이야기를 주고받다가 잠들곤 했다.

그는 결혼을 하고도 직장이 일본에 있는 남편을 따라가 살지 않고, 우리나라에서 혼자 생활하면서 일을 하고 있었다. 아이도 경제적으로 안정이 되면 갖겠다고 했다. 그와 열흘 정도 함께 지내다 보니 요즘 젊은이의 의식을 이해할 수 있을 것 같았다.

내가 틈틈이 메모한 것을 밤이면 다시 정리하는 모습이 그의 눈에는 색다르게 보였던 모양이다. 잘 쓰지는 못하지만 수필을 쓰고 있다고 했더니 반색을 하며 나에게 바짝 다가왔다. 그러면서 누가 쓴 글인지는 잊었지만, 작은 책에서 읽은 한 편의 수필이 늘 마음속에 있다고 했다. 자기 마음까지 바꾸어 놓았다는 그 글의 내용을 그는 잘 기억하고 있었다.

글쓴이가 지하철을 탔다. 맞은편에 차림새도 깨끗지 못한 사내아이 둘과 행색이 초췌해 보이는 아이들의 아버지인 듯한 남자가 앉아 있었다. 아이들은 신을 신은 채 의자 위에 올라가서 뛰며 자기 집 안방인 양 떠들어댔다. 아이들 아버지는 그 애들의 그런 행동에는 아무 상관도 없다는 듯이 지하철 바닥만 물끄러미 내려다보고 있었다.

작자는 그 아버지에 그 아들이라며 아버지의 도덕관념과 무식함을 속으로 욕하며 화를 삭혔다. 시간이 지날수록 아이들은 더욱 소란스럽게 떠들었다. 이제는 더 이상 참고 볼 수가 없어, 아이 아버지에게 아이들을 좀 말리라는 말을 해야 될 것 같았다. 그때 어느 할머니 한 분도 참다못했는지, 애들 단속을 잘 하라며 큰 소리로 호통을 쳤다.

그 소리에 아이들 아버지는 화들짝 놀라며 이렇게 말했다.

"제가 그럴 정신이 없었습니다. 지금 제 아내를 땅에 묻고 오는 중이어서… 정말 죄송합니다."

눈물이 그득 담긴 눈으로 주위의 승객들에게 고개를 숙여 사죄의 뜻을 표하며, 아이들을 나무라는 것이었다. 생각지도 못한 그의 태도에 지하철을 함께 타고 가던 승객들은 모두 놀란 모습이었다. 그 사람을 미워했던 마음이 금세 미안함으로 바뀌면서 어쩔 줄 몰라 하는 표정들이었다.

작자는 마지막 부분을 이렇게 정리했다 한다. 보이는 대로 남을 평가하는 일이 얼마나 잘못 되고 나쁜 버릇인지 모른다. 남에게 보이는 부분은 그 사람의 아주 작은 모습일 따름인데 잘 알지도 못하면서 남의 험담을 하는 일은 큰 죄를 짓는 일과 같은 것이리라. 누구든지 상황에 따라 평소와 다른 행동을 할 수 있는 게 인간이지 않은가.

그가 기억나는 대로 들려준 글의 내용을 적어 보았다. 그는 그 수필 한 편을 읽은 뒤부터는 남의 험담을 하고 싶을 때, 내가 그 사람에 대해 얼마나 알고 있는가를 생각하게 되었다 한다. 그리고 그 글이 떠올라 입을 다물게 되더라고 했다.

한 편의 글이 얼마나 힘을 지니는가를 말하면서 나에게 좋은 글, 사람들에게 감동을 주는 글을 써 달라는 것이었다. 자기는 그 글을 읽은 뒤부터 수필가를 존경하게 되었다고 덧붙였다. 뜻밖의 사람에게서 수필의 중요성과 수필을 잘 쓰라는 당부까지 듣고 보니, 반갑기도 했지만 글을 쓴다는 것이 새삼스레 어려운 일이란 생각이 들었다.

그러면 수필을 쓰는 이유는 무엇일까. 카타르시스 때문일까. 남에게 보여주기 위해 쓰는 것일까. 수없이 많은 글들이 쏟아지는 요즘, 그 글들이 존재하는 이유는 무엇이며 존재해야 할 이유는 무엇일까.

에밀리 디킨슨의 「내가 만약에…」라는 시에 이런 구절이 있다.

만약 내가 한 사람의 가슴앓이를 / 멈추게 할 수 있다면,

나 헛되이 사는 것은 아니리. / 만약 내가 누군가의 아픔을 쓰다듬어 줄 수 있다면, / 혹은 고통 하나를 가라앉힐 수 있다면, (생략)

디킨슨의 시가 글을 쓰는 사람의 마음을 노래한 것 같다. 내가 쓴 한 편의 글을 읽고 한 사람의 마음이라도 움직이게 할 수 있다면, 어느 한 사람이라도 미소 지을 수 있다면 글을 쓰는 사람은 행복하다. 그 한 편을 위해 기꺼이 여러 편을 쓰고 또 쓰는 것이리라.

(2004)

| 서정숙의 수필세계 |

삶의 일상에서 사유를 건져 내는 작가

이정림

≪에세이21≫ 발행인 겸 편집인·수필평론가

1.

서정숙 씨의 수필을 읽다 보면 김소운의 「무엇을 하려고 했나」라는 글이 떠오른다. 소운은 이 글에서 이렇게 말했다. "누군가를 의식하지 않고 글이란 것을 써 본 적이 없다. 비록 태산준령 앞에 호미 한 자루를 들고 섰을망정 그 호미는 흙 한줌이라도 파내어야 한다." 소운의 '누구'는 민족이었고 주제는 그 민족에 대한 애정과 기원이었다. 서정숙 씨의 글이 이런 거창한 테마를 지니고 있다는 것이 아니라, 이 작가 역시 수필이라는 태산준령 앞에 서면 반드시 하나의 주제를 찾아내어 천착해 들어간다는 데 공통점이 있음을 발견한 것이다.

서정숙 씨는 주제가 분명한 작가다. 마이더스의 손처럼 이 작가의 눈길이 닿기만 하면 아무리 시시한 대상(소재)이라 하더라도 그것은 일약 의미를 지닌 제재(題材)가 되어 버린다. 놋그릇을 닦다가도 자신의 마음속에 낀 녹을 생각하고, 제 집에서 빠져나가려고 끊임없이 몸부림치는 흰쥐를 보면서도 굳어진 사고로부터 탈출할 생각을 하지 못하는 자신의 무기력한 모습을 돌아보며, 바람둥이 동네 수캐를 보면서도 진정한 남자란 어떤 사람일까 생각하는 작가가 바로 서정숙이기 때문이다.

2.

소녀 시절, 이 작가의 장래 희망은 '현모양처'였다. 그래서 신세대 딸에게는 고전 같은 이야기로 들릴지 모른다는 것을 잘 알면서도 현모양처의 소중함을 일러 주는 어머니가 되었다. 현모양처야말로 이 사회를 건강하게 지탱해주는 원동력이라고 생각(「장래 희망」)하는 마음에는 변함이 없기 때문이다. 그래서 그의 글에는 가족에 대한 건전한 사랑이 비중을 크게 차지하고 있다. "시멘트 회색 벽을 온통 뒤덮은 담쟁이덩굴을 볼 때마다 사람들과 그렇게 엉기고 싶어했던 고흐의 고독한 모습"(「고흐와 담쟁이덩굴」)이 떠오를 만큼 이 작가에게 가족이란 "끊을래야 끊을 수 없는 인연, 잘라내도 다시 엉겨 붙는 담쟁이덩굴 같은"(윗글) 숙명적인 관계인 것이다.

어머니를 소재로 한 글에서 압권은 「풍경과 바람」이다. 풍경은 언제나 제자리에 다소곳이 매달려 있지만, 바람은 그런 풍경을 흔들어 놓는다. 때로는 부드럽게, 때로는 태풍처럼 흔들어 대는 바람, 어머니에게 바람은 바로 아버지였다. 바람 같았던 남편이 떠나면,

풍경은 다시 조용하고 다소곳한 제자리로 돌아갈 수 있을까. 그런데 아니었다.

> 아버지가 돌아가신 뒤에는 어머니에게 바람은 자식이었다. 육 남매의 삶이 어디 하루라도 바람 잘 날이 있겠는가. 그 바람을 온몸으로 부대끼는 어머니(…).
>
> —「풍경과 바람」 중에서

어머니에 대한 애정과 연민을 이 작가는 "그런 어머니의 모습이 싫었다."고 직설적으로 표현한다. 그리고 어머니가 누구에 의해서가 아니라 자신을 스스로 움직이는 바람이기를 바란다. 그렇다면 작가 자신의 모습은 어떠할까?

> 내 나이 쉰을 넘으니 어느덧 나도 어머니의 모습을 닮아 있었다. 남편과 아이들이 나에게도 바람이 되어 있었다. 그들의 기쁜 일이 내 기쁨이 되었고 그들의 고민은 나에게 거센 바람이 되어 돌아왔다.
>
> —윗글 중에서

어머니 세대와 딸의 세대에는 큰 간극이 있다. 그러나 모녀의 얼굴은 하나인 양 겹쳐진다. 그것이 가족을 사랑하는 어머니들의 공통적인 숙명이라면, 자아와 정체성을 잃지 않으려 애쓴 작가였다 할지라도 역시 이 삼종지도(三從之道)의 의식 속에서 벗어날 수는 없었을 것이다.

서정숙 씨는 빈센트 반 고흐를 매우 좋아하는 듯이 보인다. 대개는 그 이름을 대하면 노란색이 강렬한 열두 송이 해바라기를 떠올리게 된다. 그런데 이 작가는 불운한 형을 극진히 돌보았던 동생 테오와, 고흐가 자살을 한 후에는 그의 이름과 작품을 세상에 알리기 위해 애쓴 가족의 숨은 애정을 먼저 떠올린다. 이 작가의 의식 속에서 가족은 이렇듯 우선적인 비중을 차지하고 있는 것이다.

이런 작가의 효(孝) 개념은 어떨까. 그것의 궁금함을 「사소한 일」이란 글이 풀어주고 있다.

> 요즘 남편은 퇴근하면 제일 먼저 전화기 옆으로 간다. 부모님께서 저녁은 잡수셨는지, 닭은 닭장에 다 가두었는지, 그런 하잘것없는 일을 알려고 한다. (…) 그런 그를 바라보면 효도란 그리 거창한 것도 힘든 것도 아니라는 생각이 든다. 우리가 매일 세수하고 말하고 걸어다니는 것은 아무렇지 않은 사소한 일이다. 부모님의 안부를 묻는 일도 그에게는 그런 사소한 일 중의 하나인 것처럼 보인다.
>
> —「사소한 일」 중에서

거창한 것만이 효도가 아님은 알고 있지만, 이런 사소한 일들이 실은 가장 실천하기 어려운 것이라는 사실도 작가는 알고 있을까. 연로하신 부모님께 품안의 자식 노릇을 해 드리는 것 역시 효도의 하나임을 이 작가는 말하고 있다. 아직도 당신들의 손길이 필요함을 알려 드리는 것만으로도 부모님께는 기쁨이요 힘이 된다는 것이다.

아들이 졸기라도 하면 깰 세라 조심해서 불을 끄고 방에서 나가신다. 창문을 열어놓고 자면 새벽에 춥지 않을까 걱정을 하며 문을 살며시 닫으신다. 아들은 사십 대이고 부모님은 칠십 대인데, 내가 보기엔 누가 누구를 돌봐야 하는지 잘 모르시는 것 같다. 남편은 어린애처럼 두 분이 하시는 대로 아무렇지도 않게 받기만 했다.

— 윗글 중에서

과묵하셨던 아버지가 자식들에게 심어준 인생관은 최선을 다하라는 것이었다. 그것도 교육자답게 거창한 담론으로 말씀하신 것이 아니라 당신이 만들어 준 팽이가 못마땅해 투정을 부리는 아들에게 "일단 팽이가 돌아가기 시작하면 잘 만든 것이나 못 만든 것이나 차이가 없는 것"이라고 달래시던 아버지의 진정을 통해서였다. 작가는 어느 날 시골 아이가 두고 간 못생긴 팽이를 거실 바닥에 올려놓고 돌려본다. 그러나 그것이 어디 마음대로 돌아가던가?

처음에는 팔의 힘이 약했던지 기우뚱거리며 쓰러져 버렸다. 나는 다시 한번 팔에 힘을 주어서 돌려보았다. 그랬더니 여느 팽이처럼 잘 돌아갔다. 돌아가는 그것은 이미 못생긴 팽이가 아니었다. 모난 부분도 둥글게 보였고, 크레용으로 거칠게 칠해져 있던 부분도 아름다운 선을 이루며 돌아갔다. 그렇게 돌아가는 팽이를 바라보고 있자니, 예전에 아버지가 동생에게 하셨던 말의 뜻을 이제야 알 것 같았다. 동생은 그때 돌아가지 않을 때의 잘 만든 것과 못 만든 것의 차이만을 본 것이다. 팽이는 돌리기 위해 만드는 것이기에 그 차이라는 것은 그다지 중요한 게 못 된다는 것을 알기에는 동생은 너무 어렸지 않았을까.

—「팽이」 중에서

이는 어찌 팽이를 돌리는 일에만 국한될 것인가. "잘생긴 사람이 있으면 못생긴 사람도 있고, 지위가 높은 사람이 있으면 낮은 사람도 있다. 눈에 보이는 모습이 어떤 모습이든지 각자가 맡은 일에 최선을 다하면 그것이 아름다운 모습"(윗글에서)임을 이 작가는 알게 된 것이다. 그래서인지 그의 글에는 태작(駄作)이 별로 없다. 한 편 한 편 최선을 다해 빚어내는 그의 성실성만이 눈에 보일 뿐이다.

가족을 무척이나 사랑하는 이 작가의 눈에 이웃은 어떻게 비쳐질까. 자기 가족만이 눈에 들어올까, 아니면 자기 가족을 사랑하는 만큼 이웃도 열린 마음으로 사랑할까. 그 궁금증을 「마을」이라는 글에서 풀어 본다. 인적이 드문 산골에 집을 짓고 가벼운 바람에도 마음을 열고, 작은 풀꽃을 보기 위해 허리를 굽히며 그렇게 한가롭게 살고 싶었는데, 마을이 없는 곳에서 황량한 바람처럼 몰아쳐 온 첫 느낌은 뜻밖에도 외로움이었다.

아무도 없는 곳에 우리가 처음으로 집을 짓고 마을을 만들어 갈 수 있을까, 생각만으로도 갑자기 외로움으로 온몸이 떨려왔다. (…) 마을로 들어선 우리는 포근하고 아늑함을 느꼈다. 오랜 여행 끝에 지친 심신을 이끌고 집을 찾아들었을 때의 기분이랄까. (…)

사람은 사람을 떠나서는 살아갈 수 없는 것일까. 지금 내가 혼자 있어도 마음이 편안한 것은 이웃이 있기 때문이란 생각이 든다. 사람은 알게 모르게 이웃과 도움을 주고받으면서 사는 사회적인 존재라는 것을 새삼 느끼게 된다.

—「마을」 중에서

이웃을 생각하는 마음이 감동적으로 그려진 작품은 「우리 동네 해장국집」이다. 두 내외가 함께 장사를 하던 가게에서 어느 날부터 남자의 모습이 보이지 않게 된다. 동네 사람들은 이런저런 억측을 하며 남자의 행방을 궁금해하는데, 마침내 그가 뇌출혈로 쓰러져 사망했다는 사실이 알려진다. 그러자 이 뜻밖의 비보에 사람들은 놀라면서도 한편으로는 여자를 비난하기 시작한다. 남편이 죽었는데 어떻게 그토록 태연하게 장사를 할 수 있느냐는 것이었다. 그러나 작가는 이 비난의 무리에서 벗어나 남편의 죽음을 혼자 가슴에 묻고 묵묵히 장사를 할 수밖에 없었던 여자의 마음을 이해하게 된다.

우리가 서로 진실로 믿을 수 있는 이웃이었다면, 그 여자는 남편의 최후를 그렇게 허망하게 치르지는 않았을 것이 아닌가. 남편을 잃은 여인이 슬픔조차 마음 놓고 드러낼 수 없게 만든 것은 이웃이 아니었을까. 남의 일에는 관심을 가지려 하지 않는 비정한 도시의 이웃들, 나도 그런 이웃들 중의 하나일지도 모른다는 생각에 해장국집 앞을 지날 적마다 그 여인이 드러내지 못하고 속으로 통곡했을 슬픔이 새삼 내 마음을 아프게 한다.

—「우리 동네 해장국집」 중에서

친밀감이 적다는 것을 완곡하게 말하면, 거리감이 있다고 표현한다. 그러나 거리감이 있어 아름다운 것보다 거리감이 있어 소원한 것이 더 많을 만큼 이 말은 다소 부정적인 의미를 내포하고 있다. 그러나 이 작가는 거리가 있다는 것을 매우 긍정적으로 해석한다. 사람들은 다 다르지만 그 다름을 인정하면 아름답게 보인다. 그 아름다움을 바라볼 수 있으려면 적당한 거리가 있어야 한다고 생각하는 것이다.

> 산에 바람이 분다. 바람은 나무와 나무 사이를 비집고 다니는 것처럼 보인다. 나무는 긴 몸을 흔들며 춤을 춘다. 빈틈없이 다닥다닥 붙어 있다면 바람에 쓰러지고 말 것이다. 나무는 바람이 나갈 통로를 만들어 주어야 살아남을 수 있다. 나무와 나무 사이에 적당한 거리를 만들어 주는 것은 서로에게 상처를 주지 않고 튼실하게 자라게 하기 위해서다. 모든 것은 거리가 있음으로 존재한다.
>
> —「거리가 있음으로」 중에서

그래서일까, 이 작가는 항상 소재 속으로 직접 뛰어들지 않고, 멀찍이 서서 바라보는 특징이 있다. 소운이 "보는 것, 생각하는 것, 그것이 내 직분이라"고 했듯이, 서정숙 씨 또한 제재(題材)가 되는 대상을 거리를 두고 사유의 시선으로 바라본다. 이런 자세는 감성적이기보다 이성적이다. 이런 모습 역시 그가 존재하는 다른 점일 것이다.

3.

수필만큼 작가의 모습이 잘 드러나는 글은 없다. 서정숙 씨의 수필에도 숨길 수 없는 그의 모습이 보인다. 반듯하고, 성실하고, 진지하고….

작은 사물도 이 작가의 눈길이 닿으면 의미를 지니게 되고, 퇴색한 그림도 선연한 색채를 띠고 다시 살아나게 된다. 신이 가치가 없는 존재를 만들지 않았듯이, 작가에게는 무의미한 존재란 없다. 작가의 눈으로 보면 모든 것은 하나의 의미를 지니고 있는 사유의 대상이 될 뿐이다. 그게 수필이요, 그것을 알아내는 사람이 수필가일 것이다.

1951년 일본 동경의 한 늪에서 신석기 시대의 것으로 추정되는 세 개의 연꽃 종자가 발견되었다. 학자들은 이 중에서 두 개를 싹 틔워 지금의 연꽃과 조금도 다름없는 분홍색 꽃을 피워 냈다. 서정숙 씨도 이와 유사한 씨앗 이야기를 쓰면서 그 씨앗의 생명력에 감탄을 하며 이렇게 소망했다.

> 내 자식들의 마음밭에 한 톨의 씨앗이 되었으면 싶다. 어미의 책이 자식들의 서가에 보관되고, 또 그 애들의 자식의 책장에서도 버림받지 않는다면 그것만으로도 얼마나 행복한 일인가.
>
> —「씨앗」 중에서

서정숙 수필집

풍경과 바람

1판 1쇄 발행 | 2009년 1월 15일

지은이 | 서정숙
발행인 | 이선우
펴낸곳 | 도서출판 선우미디어
등록 | 1997. 8. 7 제300-1997-148호
110-070 서울시 종로구 내수동 75 용비어천가 1435호
☎ 2272-3351, 3352 팩스: 2272-5540
sunwoome@hanmail.net

값 10,000원

ISBN 89-5658-208-4 03810